文春文庫

スパイシーな鯛

ゆうれい居酒屋2

山口恵以子

秋

目次

第一話　昆虫少年のあこがれ　7
第二話　謎の漢方医　57
第三話　煮しめた羽織　105
第四話　無理偏にげんこつ　153
第五話　スパイシーな鯛　203
あとがき　248
「ゆうれい居酒屋2」時短レシピ集　251

この作品は文春文庫のために書き下ろされたものです。

本文カット　川上和生
編集協力　　澤島優子
DTP制作　エヴリ・シンク

スパイシーな鯛

ゆうれい居酒屋❷

第一話

昆虫少年のあこがれ

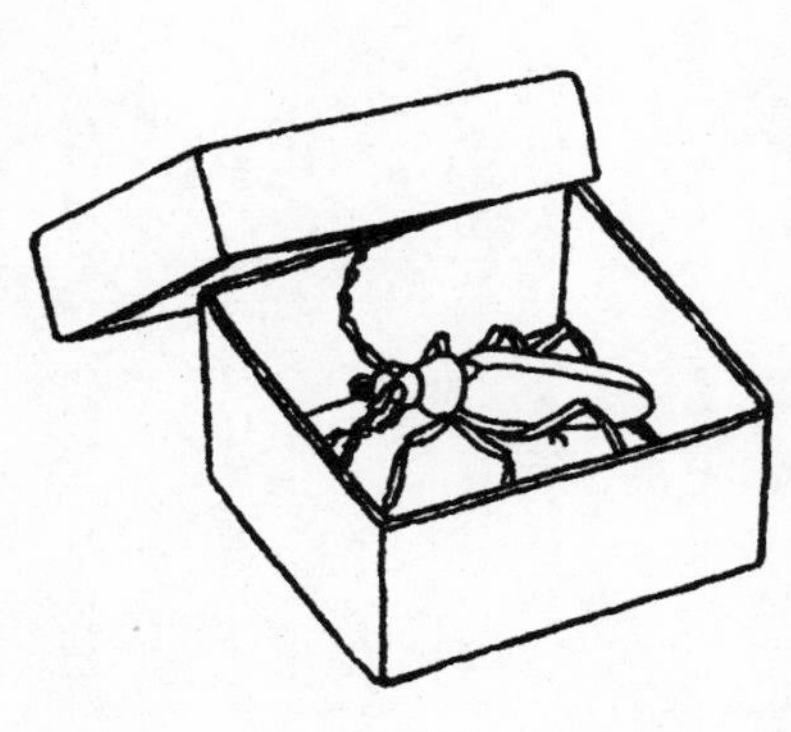

「ハックション！」

自分の声にびっくりして、秋穂はぱっと顔を上げた。昼ごはんの後で午後のワイドショーを観ていたつもりが、いつの間にか炬燵に突っ伏してうたた寝していたようだ。昼には温かくなってきたのでエアコンを消したのだが、気が付けば室温は下がって、いささか肌寒い。

「あ〜あ、冬はいやよねえ。寒いの、苦手だわ」

秋穂は茶の間の奥の仏壇を振り向き、正美の写真に語り掛けた。

壁の時計に目を遣ると四時を少し過ぎている。開店は六時。そろそろ仕込みに入った方が良さそうだ。

秋穂は炬燵から出ると仏壇の前に座り、線香を上げてそっと手を合わせた。正美は写真立ての中で、変わらぬ笑顔を見せている。

旅立ってから十年になるのに、いまだに何処か遠くへ行ってしまったような気がしない。それどころか、いつもそばにいるような気がする。不思議なことだが、それが秋穂には自然に思えた。

今日も一日頑張ります。

心の中でもう一度夫の写真に声をかけ、秋穂は立ち上がった。

葛飾区新小岩は東京の東の端に位置する街である。JR新小岩駅は総武線の快速停車駅で、東京駅まで十四分、横須賀線直通なら乗り換えなしで新橋、品川、横浜へ行ける。交通の便が大変に良い割に物価が安く、家賃も低めなので、暮らしやすい街として人気がある。新小岩駅の一日の乗車人数は六万人以上で、朝夕は周辺は人波でごった返す。

その新小岩駅南口にルミエール商店街という長さ四百二十メートルのアーケード商店街がある。アーケードを南へ抜けた先は葛飾区を越え、江戸川区松島三丁目に達しているので、二つの区にまたがる大商店街だ。昭和三十四（一九五九）年に出来た当初は日本一の長さを誇ったが、その後大阪府の天神橋筋商店街に抜かれてしまった。しかし、シャッター通りが増えつつある下町の商店街で、閉店したままの店を出さず、すべての店が営業を続けているのだから立派なものだ。

表通りには飲食店や居酒屋が軒を連ねている。チェーン店だけでなく個人の店も多いのが、街の魅力の一つだろう。

近年はエスニック系の飲食店と雑貨店も増え、バイン・ミー専門店やタピオカミルクティーの店も出来て、話題になった。土・日には三万人の人出があるほど、商店街は賑(にぎ)わっている。

表通りは小綺麗(こぎれい)な店がほとんどだが、一歩路地裏に入れば昭和レトロな飲み屋やスナックが姿を現す。

かつてはそんな路地裏に、古本屋、美容院、釣り道具屋、化粧品店、雑貨屋、悉皆屋(しっかいや)など、飲食店以外の店もひっそりと商いを続けていたが、今はほとんど姿を消した。

米田(よねだ)秋穂はルミエール商店街の路地裏で「米屋(よねや)」という居酒屋を営んでいる。カウンター七席だけの小さな店は、自宅の一階部分を店舗に改造したものだ。

元は夫の正美が釣り好きで、釣った魚をさばいて友人たちにふるまっていたのが、ある事件がきっかけで教職を辞した時「そうだ、釣った魚を出して、海鮮居酒屋を始めよう」と思いついたのが、店を始めるきっかけだった。

秋穂も正美と一緒に教師を辞めて、夫婦で「米屋」を切り盛りした。

米屋の唯一の飾りは、店内の壁に所狭しと貼られた魚拓の数々で、すべて正美の釣果(ちょうか)

である。休みの日は必ずと言っていいほど海釣りに出かけたので、年々魚拓は増える一方だった。

十年ほど経って店も軌道に乗り、将来も見えてきた頃、正美は急死した。完全な突然死で、普段と変わったところはどこにもなく、いつもの通り床に就いたのに、朝には冷たくなっていた。眠るような死に顔で、苦しんだ様子は全くなかった。それだけがせめてもの救いだった。

それからは秋穂が一人で店を切りまわしている。正美は釣り師で魚のさばき方も上手かったが、秋穂は魚が下ろせなかった。そこで仕方なく、店の看板から「海鮮」を外して、ただの居酒屋にした。

何しろ素人が一人で営む店なので、凝った料理は出せない。二十年間注ぎ足した汁で作る絶品のモツ煮込み以外は、作り置き料理とレンチン料理が専らだ。それでも常連さんはありがたいもので、変わらず店に来てくれた。

しかし昨年のこと、秋穂はある一見のお客さんに助言され、勇気を出して魚料理にも挑戦するようになった。そして一年かけて少しずつレパートリーを増やしつつある。

ガラス戸がガラリと開いて、この日の口開けのお客さんが入ってきた。

「いらっしゃい」

沓掛音二郎は黙って真ん中の椅子に腰を下ろした。一見むっつりしているようだが、機嫌が悪いのではなく、だらしなく緩みそうになる頬の筋肉を無理に抑えているのだった。

「何か良いことあったみたい」

「分かるか」

「顔に書いてある」

音二郎はたちまち相好を崩した。

「秋ちゃんの目はごまかせねえな」

秋穂はおしぼりを出してお通しの小皿を置くと、ホッピーの準備をした。音二郎の最初の注文はホッピーと決まっている。

「客はまだ若い娘でよ、二十歳をいくつも出てない感じの。去年から着付けを習ってんだと。やっと一人で着られるようになったんで、亡くなった祖母さんの形見の紬を着たいんだが、寸法が合わねえんで、何とか仕立て直してくれねえかと……」

音二郎は悉皆屋を営んでいる。悉皆屋とは染み抜き・染め替え・洗い張り・紋の入れ替えなど、和服のメンテナンスをする職業だ。和服を着るのが一般的だった時代には必要欠くべからざる仕事だったが、着物人口が激減した現代ではその数も激減し、今や絶滅危惧種に近づいている。

「ところが、祖母さんは小柄な人だったようで、羽織ってみたらまるでツンツルテンで、丈も裄も身幅もまるで足りねえ。今どきの娘は体格が良いからな」

音二郎はお通しのシジミを一粒口にした。台湾料理屋の主人から教わったシジミの醤油漬は、漬け汁に梅干しを少し加えてある。

そして米屋の貝料理の貝は全部一度冷凍してある。貝は冷凍すると旨味成分が四倍になると、料理本に書いてあった。それを知って以来、秋穂は律義に冷凍を実践している。特にシジミは冷凍によって旨味だけでなく、疲労回復に効果のある栄養素オルニチンも倍増する。飲み屋にとってこんなありがたいつまみはない。

「で、どうしたの？」

秋穂は音二郎の前にホッピーの瓶とキンミヤ焼酎を入れたジョッキを置いた。

ホッピーとは低アルコールの麦芽飲料で、ビールが高かった時代、ホッピーに焼酎を入れてビールの代用に呑んだのが始まりだ。以来、ホッピーは居酒屋御用達のアルコールドリンクとして定着している。低カロリーで低糖質、プリン体ゼロなので、近頃は「ダイエットの味方」として、若い女性にも人気がある。

ちなみに居酒屋用語ではホッピーを「外」、焼酎を「中」と呼ぶ。

「どうもこうもねえさ。あの娘さんにはとても着られねえ」

「それは残念な話ね。着付けを習ってお祖母さんの着物を着ようなんて、良い心がけなのに」

「まったくだ。それに紬は黒の結城で、上物でな。何とかしてやりてえと知恵を絞った……」

　音二郎はそこで言葉を切ってホッピーで喉を湿した。

「で、着物は無理だが帯にしちゃどうかと言ってみた。名古屋なら長尺でも寸法は充分だ。お太鼓柄を染めれば、小粋でしゃれた帯になる」

「それで？」

「お願いしたいと」

「良かったわね」

「ああ。俺も張り切って蝶々の柄を描いてやったよ。羽を橙色で染めてな」

　秋穂の瞼に黒をバックに鮮やかな橙色の蝶の舞う帯が浮かんだ。若い大柄な女性が締めたら、きっと着映えすることだろう。

「そのお客さん、喜んだでしょう」

「ああ。友達と歌舞伎座に行く時締めると言ってた。写真撮ったら送ってくれるとさ」

音二郎は嬉しそうにホッピーを呑んだ。

「だから俺も言ったんだ。『お嬢さん、お祖母さんの着物はほんとの上物だから、お嬢さんもお孫さんができるまでこの帯を使ってやってください。橙色が派手になったら、茶でも紫でも染め替え出来ますから』って」

「良い話ねえ」

音二郎はにやにやしながら、作務衣の懐から封筒を取り出した。

「今日届いたのよ」

音二郎は封筒の中の写真を秋穂に渡した。歌舞伎座を背景に、卵色の地に緑で露芝を染めた小紋を着て、橙色の蝶の柄の黒地の帯を締めた、華やかな顔立ちの若い女性が映っていた。

「良いわねえ。おじさん、この帯、最高。この娘さんの雰囲気にぴったり」

音二郎は得意げに封筒をひらひらさせた。

「おふくろさんからの礼状が入っててさ。これからも亡くなった母親の着物を仕立て直して、娘に着せてやりたいと書いてあった」

「あら、お得意さんが増えたじゃない」

「まあな」

音二郎が細々と悉皆の仕事を続けていられるのは、名人とうたわれた腕の良さもさることながら、親切で丁寧な仕事ぶりで顧客の心をつかんでいるからだ。お客さんが新しいお客さんを紹介してくれることが、何度もあった。

「はい、ビタミン補給ね」

秋穂は小松菜とツナの粒マスタードマリネの皿を出した。音二郎は妻を亡くしてから、米屋で呑むと家では何も食べずに寝てしまうらしい。だからシジミの他にビタミンとタンパク質、シメの炭水化物を摂れるように気を遣っている。

小松菜はビタミン・ミネラルが豊富な上にカルシウムまで含まれている。店頭で一年中売っていて、値段も手ごろでありがたい。おまけに江戸川区の「小松川」近辺が発祥の地なのだから、いわば地元のスター野菜である。

さっと茹でてツナ缶と和え、粒マスタードとワインビネガー、オリーブオイル、塩胡椒で味付けしたマリネは、冷蔵庫で四日間保存できる。醤油味にしても良い。

「おじさん、シメは何が良い？　おにぎり、お茶漬け、とろろ昆布の餡かけおかゆ、うどんとお蕎麦も出来るわよ。トッピングはネギとわかめと卵くらいだけど」

「そうさなあ。今日はおにぎりかな」

それなら下準備はいらない。

「中身、お代わり」

「はい」

秋穂はショットグラスに焼酎を注ぎ、音二郎の前に置いた。あとは日本酒一合くらいでお終いになる。

「油揚、焼く？」

「ああ、頼む」

「新しいメニューがあるの。おキツネ酒盗（しゅとう）チーズ」

「なんだ、そりゃ？」

「油揚に酒盗とマヨネーズを塗って、チーズを振って焼くの」

音二郎は疑わしげに顔をしかめた。

「油揚は焼いて醬油を垂らしたのが一番うめえと思うぞ」

「私も。でも、毎回おんなじじゃマンネリでしょ。たまには変わった味も試してみて」

酒盗とチーズとマヨネーズなら、醬油だけより栄養を摂れる。

「分かった。そいつをやってみるわ」

音二郎は渋々頷（うなず）いた。

早速冷蔵庫から油揚を取り出すとまな板に置いた。トーストにバターを塗る要領で、油揚の上に酒盗とマヨネーズを薄く伸ばし、ピザ用チーズを振りかけて黒胡椒を振り、オーブントースターで五分焼く。マヨネーズが味の決め手だが、音二郎の好みに合わせて酒盗を少し多めにした。

焼き上がるとチーズの香りが漂ってくる。手早く食べやすい大きさにカットし、皿に移してカウンターに置いた。

音二郎はアツアツの焼き立てを口に入れ、ハフハフと息を吐いてから咀嚼（そしゃく）した。続けてホッピーで舌を冷やす。

「悪くねえな。酒盗が利（き）いてらあ」

「でしょ」

その時、ガラス戸が開いてこの日二人目のお客が入ってきた。

「いらっしゃい」

「こんばんは。ぬる燗（かん）ね」

美容院リズの店主井筒巻（いづつまき）だった。今は店は娘の小巻（こまき）に譲り、自分は昔からの得意客だけを担当している。時には一度もお客の髪に触らない日もあるが、来てくださる方をがっかりさせたくないという理由で、毎日店に出ている。

「ねえ、何かあったかいもんこさえてくれない」

「春雨スープで良い？」

巻は返事の代わりに左手でOKサインを作った。薬指にはダイヤの指輪がキラリと光っている。離婚した夫がくれた婚約指輪で、慰謝料代わりに持っているという。店では外しているので、指輪をはめるのは仕事終わりのサインだ。

秋穂は冷凍庫からフリーザーバッグを取り出した。中には酒と醬油で和えた海老、青梗菜、長ネギ、エノキ、春雨が入っている。

鍋に湯を沸かし、鶏ガラスープの素とゴマ油を入れ、バッグの中身を投入すれば、具沢山の中華スープが出来上がる。最後は塩胡椒で味を調えるだけで良い。

「熱いから気を付けてね」

巻はふうふうと吹きながら、スプーンを口に運んだ。

「音さん、駅前のマクドナルドの隣のビルに、新しいピンサロがオープンしたんだって？」

唐突に話を振られて、音二郎は少し面食らった。

「知らねえな。そもそも俺に訊かれてもよ」

「それもそうだ」

「おばさんこそ、どうして知ってるの？」

「店の子がお昼にマックに行って、看板替えるとこ見たんだって。『どうして新小岩って、駅の近くの普通のビルに風俗店が何軒もあるんですか？』って訊かれたけど、あたしに訊かれてもねえ」

ピンサロとはピンクサロンの略で、料金の安い風俗サービス店である。新小岩は五反田、巣鴨、大塚と並んで店舗数が多いことで知られていた。

「昔の赤線の名残かなあ。いや、赤線は松島だったから、駅からは離れてたな」

赤線とは戦後に出来た私娼地区のことで、地図上に赤い線で囲まれたことからそう呼ばれた。ちなみに青い線で囲まれた「青線」地区もあった。昭和三十三（一九五八）年までは特例措置として地域限定で赤線区域が存在したので、そういう場所は東京の各地にあった。

新小岩の赤線は丸健カフェー街と呼ばれていて、場所は正確にはルミエール商店街を抜けた先、江戸川区松島三丁目にあった。戦争中、遊廓のあった亀戸の空襲で被災した売春業者が、新小岩と立石に移転してきたのが始まりと言われている。

当初は十三軒、従業婦三十七人で始まったが、昭和三十（一九五五）年には七十七軒、従業婦二百人弱まで膨張し、最盛期を迎えた。今は建て替えや道路整備が進み、往時を偲ぶよすがはほとんど残っていない。

「うちの人に聞いたことあるわ。風俗営業法には二種類あって、バーやキャバレーは接待飲食等営業、ソープランドは性風俗関連特殊営業ってジャンルなんですって。それで、ピンサロは性風俗じゃなくて接待飲食にジャンル分けされてて、だから駅近でも営業できるんじゃないかしら」

音二郎も巻も訳が分からないらしく、不審そうに首を傾げた。

「なんでピンサロがバーやキャバレーと一緒なの？　どう考えたって風俗でしょうに」

「詳しくは知らないけど、ピンサロの始まりがピンクキャバレーとかいう業態で、それで今に至ってるらしいわ」

音二郎が感心したような顔で尋ねた。

「まあちゃんはどうして風俗営業法なんて知ってんだ？」

音二郎は正美のことを「まあちゃん」と呼ぶ。

「米屋を開くに当たって調べたみたい」

二人とも驚いて目を丸くした。

「まさか！」

「この店と風俗と何の関係があるのよ」

「私もそう思ってたんだけど、深夜十二時過ぎてお酒を提供する場合は、一応風俗営業法の許可を申請しないとだめらしいの」

音二郎が狭い店内を見回した。

「理不尽な話だよなあ。こんなしょぼくれた店で、何が風俗……いや、口が滑った」

「良いのよ。ほんとのことだから」

音二郎に悪気がないのも充分に承知している。

「ただ、お酒を出しても主食に相当する料理を提供している場合は、届を出さなくても良いみたいね。おにぎりとかラーメンとか丼物とか……。深夜営業のスナックが必ずスパゲッティ出すのも、それが理由だって分かったわ」

その時、ガラス戸が開いて新しいお客が入ってきた。

「良いですか？」

指を一本立てて訊いた。

「どうぞ、お好きなお席に」

客は隅の席に腰を下ろした。年齢は六十代半ばくらいだろう。背が高く、髪は半分くらい白い。知的な顔に縁なし眼鏡(めがね)をかけ、態度物腰に品の良さが感じられた。

どうも米屋の常連たちとは明らかにタイプが違う。高級ホテルとは言わないが、それなりにちゃんとした店にふさわしいタイプだ。何を間違って入ってきたのだろう。

秋穂はおしぼりとお通しを出しながら尋ねた。

「お飲み物は何になさいます？」

その男性客……岡倉雄一（おかくらゆういち）はカウンターの上のメニューに目を落とした。ホッピー、サッポロの瓶ビール、チューハイ三種、黄桜（きざくら）の一合と二合。迷う余地のないシンプルさだった。

「瓶ビールください」

注文を終えると、物珍しげに魚拓の群れを眺めた。

「お客さん、ごめんなさい。魚拓だらけで悪いけど、うち、海鮮料理はやってないんですよ」

「いえ、大丈夫です」

雄一は穏（おだ）やかに答えた。店の外観とシンプルすぎる飲み物のメニューを見れば、料理に期待できる店でないことは瞭然（りょうぜん）だった。

しかし、ビールを一口飲み、お通しのシジミを口にすると、意外な気がした。美味（うま）いのだ。雄一はたちまちシジミを全部食べてしまった。

「これ、美味（おい）しいですね」

「台湾料理屋のご主人に教えてもらったんです」

「シジミも上等です。何処のシジミですか？」

秋穂は嬉しくなってつい笑みがこぼれた。

「ふつうのスーパーの特売品です。でも、秘密があるんですよ。一度冷凍してあるんです」

雄一の不可解そうな顔を見て、秋穂は「やっぱりね」とさらに嬉しくなった。

「貝って、冷凍すると旨味成分が四倍になるんです」

「へえ、そうなんですか！」

雄一は空になった小皿を見直した。そして、狭い厨房（ちゅうぼう）の一角で湯気を立てている煮込みの鍋に目を移した。

「煮込み、ください」

「はい、ありがとうございます」

何といっても米屋の看板は煮込みだ。小鉢（こばち）によそい、刻んだネギを散らして出した。

雄一はとろとろに煮込まれたモツを口にして、その柔らかさにうっとりした。臭みは全くない。それに腸だけでなく、色々な部位が入っているのも嬉しい。汁は歴代のモツの旨味を吸い取ってきた厚みのある美味しさだ。大根・人参（にんじん）・ゴボウ・こんにゃくも煮汁の味が良く染み込んでいる。

この店は期待できるかもしれないと、雄一は思い始めた。

「秋ちゃん、熱いもの食べたら冷たいもんが食べたくなった。サラダみたいなもん、ある？」

「鯛と白菜の塩昆布サラダなんか、どう？」

「それ、もらうわ」

「あの、私も同じものを」

雄一もつられて注文の声を上げた。

夕飯でも食べようと店を探しているうちに、ふらふらとこの路地に入り込み、どういうわけかこの店に入ってしまった。最初は失敗したと思ったが、案外拾い物かもしれない。

「ちょっとお待ちくださいね」

秋穂は冷蔵庫から鯛の刺身を取り出した。駅前の西友で安売りを買ってきた。白菜は中心に近い黄色い部分だけを使う。甘みがあって柔らかく、生でも食べられる。

サラダ油と薄口醬油、酢、ワサビを混ぜてドレッシングを作ったら、刺身と白菜、万能ネギ、塩昆布と共にボウルに入れ、味がなじむように手でしっかりと混ぜる。ガラスの器に盛って、白胡麻を振れば出来上がりだ。

「はい、どうぞ」

雄一は待ちかねて箸を取り、サラダをつまんだ。

「……美味い」

ワサビドレッシングが利いて、さっぱりした味わいだった。白菜はシャキシャキした歯応えで、鯛はねっとりした旨味、塩昆布が隠し味で鯛の旨味を引き立てる。いくらでも食べられそうだ。

雄一の食べっぷりに勇気を得て、秋穂は声をかけた。

「お客さん、アサリのワイン蒸し、召し上がりますか？」

シジミが美味かったので、きっとアサリも美味いだろう。

「ください」

「それと、中華風茶碗蒸し、召し上がります？」

「是非」

秋穂は冷凍庫からフリーザーバッグを二つ取り出した。一つは春雨スープの具材、もう一つはアサリとワインとオリーブオイルとニンニクすり下ろしが入っている。

まずは春雨スープの具材を電子レンジで解凍する。その間にガス台に載せたフライパンの上にアサリのワイン蒸しの材料を空けた。凍ったまま一気に加熱して、アサリの旨味を閉じ込める。

「はい、どうぞ」

雄一はニンニクの香りを鼻いっぱい吸い込んだ。食べる前から美味しいのが伝わってくる。そしてその前に、飲み物を補充しなくてはならない。

「ビール、お代わりください」

「はい、ありがとうございます」

音二郎が秋穂の手元を見て言った。

「秋ちゃん、俺もその茶碗蒸し、食いてえな。追加で作ってくんねえか」

「良いわよ。どんぶりで作るから、三人分くらいあるわ」

鶏ガラスープを熱湯で溶き、それを水で薄めてカップ一杯半くらいの量にしたら、卵二個を溶いて混ぜ合わせる。その中に解凍した春雨スープの材料を入れ、湯気の上がった蒸し器に入れて十五分。

醬油と鶏ガラスープを小鍋で温めて、仕上げにナンプラーを一匙垂らせば醬油ダレの出来上がり。

蒸し上がった茶碗蒸しにこのタレをかけ、熱いゴマ油をかける。正式にはネギ油だが、米屋にそんなしゃれたものはない。

「お待ちどおさまでした」

音二郎には小鉢に取り分け、雄一にはどんぶりで出した。二人ともレンゲですくい、思い切りふうふう息を吹きかけて口に入れた。

卵の穏やかな味が、すべての食材と調味料を優しくまとめている。中国の家庭では定番のおかずだが、酒との相性も抜群だ。

夢中で茶碗蒸しを食べる雄一を見て、秋穂は再び不思議な気がした。新小岩にだって、もっと立派な店やしゃれた店はいっぱいあるのに、このお客はどうしてわざわざ路地裏にある、みすぼらしい店に入ってきたのだろう。

「秋ちゃん、お酒お代わり。それと、ご飯のお供、何がある？」

「鮭（さけ）の焼き漬けなんてどう？」

「つけ焼きじゃなくて？」

「反対。焼いてから汁に漬けるの。新潟（にいがた）の郷土料理ですって」

冷蔵庫で四〜五日保存できるのも嬉しい。

「タレは甘辛で、ご飯が進むわよ」

「へえ。じゃあ、それをもらおうかしらね」

秋穂は冷蔵庫から保存容器を取り出した。一切れを三等分に切った鮭は、フライパンで表面がパリッとするまで焼いて、香ばしさと旨味を引き出してある。それに酒とみりん、醤油、ザラメを沸騰させて作った漬け汁をかけ、表面にラップを貼り付けて、落とし蓋ならぬ「落としラップ」で味をなじませてある。

　茶碗にご飯をよそい、皿に鮭の焼き漬けを盛り付けた。

「お味噌汁ないから、海苔吸いで良い？」

「上等、上等」

　海苔吸いとは、焼き海苔を揉んで椀に入れ、梅干し半分と醤油ひとたらしを加え、熱湯を注いだ吸い物だ。手軽に出来て美味しい。

　ちなみに鰹節のイノシン酸、昆布のグルタミン酸、干し椎茸のグアニル酸、この三つの旨味成分をすべて含有している自然界の食品は、海苔だけである。

「あら、これ、イケるねえ」

　鮭の焼き漬けでご飯を口にした巻が、感心したように言った。

「塩鮭ばっか食べてたけど、こういうのも美味しいわ」

　音二郎は巻の料理をちらりと眺め、秋穂の方に首を伸ばした。

「秋ちゃん、俺もシメはこれで頼むわ」

「はい。お待ちください」

　雄一は巻と音二郎の前に並んだ鮭の焼き漬けを見ると、新たに食欲が湧いた。結構食べた気がするが、茶碗蒸しは胃に優しくて、少しももたれない。まだいけそうだった。

「あのう、僕も同じものください」

「はい」

　返事をしてから、気を遣って言い足した。

「量はどうしましょう？　半分にもできますよ」

「いえ、大丈夫です。美味しいものはたくさん食べたいので」

　秋穂はこの初対面のお客がすっかり気に入ってしまった。一期一会だが、秋穂の料理を美味しいと思って、沢山食べてくれたのだ。

「お客さんは、この辺の方ですか？」

　空いた食器を片付けながら訊いてみた。

「結婚するまで江戸川区に住んでたんです。松江という町で、一番近い鉄道の駅が新小岩でした。だから子供の頃はよく来ましたよ。コンパルでゴジラを何本も観ました」

　コンパルとは、今はクッターナ新小岩という名前になった、かつて西友デパートと称したビルの五階にあった映画館である。

「コンパルとは懐かしいねえ」

音二郎が嬉しそうに言った。

「ほんと。私、第一劇場もよく行きました」

第一劇場とは同じビルの六階にあった映画館で、最後の方は成人映画専門館になったが、半年遅れでロードショー二本立てを上映する二番館の時代が長かった。

秋穂は三十代の頃、ソ連映画「戦争と平和」でヒロインを演じたリュドミラ・サベーリエワ主演の映画「帰郷」を目当てに第一劇場に行ったら、併映の加藤泰監督「江戸川乱歩の陰獣」のあまりの素晴らしさに、「帰郷」の印象がかすんでしまう経験をした。だから第一劇場には愛着があった。

「松江に『佐野みそ』って味噌屋があるでしょ」

巻が思い出したように言った。

「はい。よくご存じですね」

佐野みそは味噌専門店で、本店は亀戸にある。豊富な種類の味噌を扱っていて、街歩きの番組で何度も取り上げられた。

「あたしの友達はあの店が好きで、味噌はわざわざ佐野みそに買いに行くのよ」

巻はひらひらと左手を振った。と、薬指のダイヤが電灯の光を受けてキラリと光る。

これは得意な気持ちを表す所作で、特に好みのタイプの男性がいると、頻繁に出るようだ。

雄一は海苔吸いを一口飲み、自分の家でもやってみようと思った。独身時代は自分でお湯も沸かしたことがないほどだったが、結婚して共働きになってからは、少しずつ責任感が芽生え、今は週の半分は夕食づくりを分担している。

だからこの店で食べた料理は大いに参考になった。どれも簡単で、作り置きができる。鮭の焼き漬けも甘辛い味が癖になりそうだった。ご飯にはこのくらい濃い味の方が合う。

「この漬け汁、お酒と醬油とみりんと砂糖ですか?」

「砂糖は、ザラメを使うんです。普通の砂糖よりコクや甘味が強いので、新潟では焼き漬けにザラメは欠かせないそうです」

「なるほど。ザラメですか」

雄一は鮭の切身をしげしげと眺め、これも作ってみようと思った。

「新小岩はお久しぶりですか?」

秋穂の問いに、雄一は頭の中で指を折った。

「そうですねえ。もう三十年ぶりくらいかなあ」

結婚して埼玉(さいたま)県の入間(いるま)市に転居した。そこで妻の父が創設した老人介護施設の運営に携わることになった。結婚して八年目に義父が亡くなったため、妻と共同で施設の責任者になり、現在に至っている。

今日は江戸川区の船堀タワーで介護関係のシンポジウムが開催され、それに出席した帰りだった。たまたま、ふと思い立って船堀から新小岩に足を延ばしてみた。

「アーケード通りも、ずいぶん変わりましたね」

雄一はグラスに残ったビールを飲み干した。

「毎週水曜は定休日の店が多くて、露店が出てたんですよ。雑貨とか衣料品とか食べ物とか……易者さんもいたな」

雄一は遠くを見る目になって先を続けた。

「アーケードを入って真ん中あたり、左側に喫茶店があったんです。青いガラスのドアの……。その店の横で、虫を売ってたんですよ」

「虫？」

秋穂の問いに、雄一は説明を続けた。

「カブトムシ、クワガタムシ、それとカミキリムシ。デカい籠にいっぱい入れて」

雄一は一度言葉を切って、秋穂の淹れたほうじ茶を啜った。

「この商店街を抜けた先、松島三丁目に……」

赤線の話が出た後だけに、秋穂も音二郎も巻も一瞬ハッと息を呑んだ。

「日本舞踊の先生の家がありましたよね。名前は忘れちゃったけど、坂東流の」

三人とも一瞬で肩の力が抜けた。

「ああ、そういえばあったわ。そこのお弟子さんで、うちの美容院を贔屓にしてくれる人がいたっけ」

「妹が、小学校に上がる前から稽古に通ってたんです。うちからバスに乗って行くんで、最初は母親が付き添ってたんですけど、忙しいので、夏休みは私が付き添うように言われました」

日本舞踊の稽古場は女性の弟子ばかりだった。同年齢の子供もいたが、何しろ女ばかりだし、日本舞踊など全く興味がないので、雄一は居たたまれなかった。そこで、妹の稽古が終わるまで、ルミエール商店街を冷やかすことにした。第一書林で立ち読みしたり、プラモデル屋に入ってあれこれ眺めたりして時間をつぶした。

そして、ある時喫茶店の横で昆虫を売っているのに気が付いた。

「その時売っていたのはおじさんでした。籠の中を見ても、普通のカブトムシとノコギリクワガタとコクワガタ。カミキリもシロスジカミキリとミヤマカミキリで、珍しくもない品種ばかりなので、買うほどでもないと思って、ただ見てるだけでした」

実は雄一は筋金入りの昆虫少年だった。小学生ですでに研究者用の昆虫図鑑を熟読するほど、昆虫愛に満ちていた。

「おじさんが私を邪魔にしなかったのは、子供相手の商売なので、一人でも子供が立っていた方が、他の子供の呼び水になると思ったのかもしれません」

他の露店は水曜日しか出なかったが、昆虫売りのおじさんは夏の間中ずっと店を出していたらしい。妹の稽古は月・水・金の週三回だったので、雄一も週三回ルミエール商店街を通ったが、夏休みの終わりまでおじさんは店を出していた。

「籠一つであんまり場所を取らないんで、喫茶店も黙認してたんでしょうね。その代わりおじさんも、昼は喫茶店で食べてたんじゃないかなあ」

夏休みが終わると、雄一も妹の付き添いから解放された。

しかし次の年も夏休みになると、また妹の稽古に付き添うように母親に命じられた。

「仕方ないのでまたルミエール商店街歩きを再開しました。そうしたら、その年は同じ場所に、おじさんじゃなくておねえさんが立っていました」

今では顔もよく覚えていないが、色が白くて背のすらりとした髪の長い女性だった。年齢は二十歳前後ではなかったろうか。

去年と同じように、じっと籠の中身を見ていると、おねえさんは言った。

「坊や、何が好き？」

「カミキリ」

するとおねえさんは籠からカミキリムシを二匹取り出して、雄一の目の前にかざした。

「これでしょ。どっちが良い？」

雄一は衝動的にシロスジカミキリを指さした。するとおねえさんはそれを小さな紙の箱に入れ、代金を告げた。

「ありがとう。またいらっしゃいね」

ありふれたカミキリムシなどほしくなかったのに、何故買ってしまったのだろう。ちょっと悔しかったが、同時に胸が高鳴った。

二日後、雄一はまた新小岩にやってきた。妹を日本舞踊の先生の家まで送ると、すぐにルミエール商店街に引き返した。

おねえさんは一昨日と同じく青いガラスのドアの喫茶店の横に、大きな虫籠を置いて立っていて、雄一を見るとにっこり微笑んだ。

「あら、この間の坊やじゃない。今日は何？」

雄一が黙っていると、虫籠に手を突っ込んでカミキリムシを二匹摑み出した。

「どっちが良い？」

雄一は仕方なくミヤマカミキリを指さした。おねえさんは前回と同じく、小さな紙の箱にカミキリを入れて手渡すと、代金を受け取った。

「あのう」

雄一は勇気を振り絞って声を上げた。

「僕はシロスジカミキリやミヤマカミキリじゃなくて、ルリボシカミキリが欲しいんです。ルリボシカミキリはないんですか？」

おねえさんはきょとんとした顔になった。

「何、それ？」

なんだ、ルリボシカミキリも知らないのかと思うと、雄一の心に優越感が生まれた。

ルリボシカミキリは日本の固有種で、鮮やかなブルーの体に三対の黒い文様がある。その美しさから日本を代表する甲虫とする愛好家も多い。

「そんなの、見たことないわ」

雄一が説明すると、おねえさんは首を振った。

「この虫は、どこで採集したんですか？」

「千葉。うち、印旛沼（いんばぬま）の近くなの。雑木林があって、夕方行くと、カブトやクワガタ、カミキリがいっぱい採れるわ」

ルリボシカミキリは高地に生息する。それも成木ではなく、倒木や伐採木、貯木場等を住処(すみか)にしているので、低地の雑木林で見かけたことがないのは当然だった。

「そんなことがあって、少し距離が近づいたような気がしました」

雄一の顔には一瞬、少年時代を思わせるような表情が現れた。きれいなおねえさんにあこがれた少年時代の。

「次に店の前に行ったら、いきなり手をつかまれて、籠の横に立たされて、おねえさんに言われました。昼ごはん食べてくるから、ちょっとここに立ってて、と」

言うなり、おねえさんは青いガラスのドアの喫茶店に入ってしまった。雄一は緊張のあまり棒を呑んだように固くなり、虫籠の横で気を付けをしていた。お客の出入りでドアが開いた隙(すき)にチラリと店内を見ると、おねえさんは入り口に向かった席で、こちらを見ながらスパゲティナポリタンを食べていた。

「十五分か二十分くらいで、おねえさんは戻ってきたので、ホッとしたのを覚えてます」

おねえさんはにっこり笑って「ありがとう」と言った。

「それから、店に行くたびに、僕は店番を頼まれるようになりました。店番と言っても、ただ虫籠の横に立ってただけですが」

それから、おねえさんは次第に喫茶店に長居するようになった。一時間を超えることもあった。雄一は妹を迎えに行かなくてはならないので、気が気ではなかった。

そして、長い夏休みが終わる時が来た。

「最後に会ったのは八月の終わり……。どういうわけか、おねえさんは最初会った時よりきれいになっていました。顔も覚えていないのに、そう思ったことだけはよく覚えています」

「それからどうなりました？」

秋穂は思わず身を乗り出していた。

「これでお終いです」

雄一は小さく溜息を吐いた。

「次の年、夏休みに新小岩に行ったけど、おねえさんは居ませんでした。おじさんも。千葉から虫を売りに来ていたあの親子は、もう店を出すのをやめたようでした」

名前も知らない人なので、それからの消息は完全に途絶えた。

雄一はその後もカミキリムシ、蝶、蛾の採集に明け暮れ、大学は明治大学農学部に入学し、農学科の応用昆虫学研究室に進んだ。卒業後は塾講師になって、一年のうち半分は南米や東南アジアで昆虫採集に情熱を燃やす日々だった。

結婚して介護施設の運営に追われ、いつしか昆虫とも縁遠くなったが、海外での昆虫採集体験は青春の想い出として心に残っている。そして、新小岩で出会ったきれいなおねえさんのことも。

「良い話ですねえ」

秋穂はしみじみと言った。

「そこでぷっつり終わったから、今も良い想い出になってるんじゃありませんか」

「私もそう思います。普段は忘れてるんですが、夏になるとたまに想い出すんです」

きっと初恋だったのだと、秋穂は思った。淡く儚く終わったからこそ、想い出は長く残っているのだろう。

「今日は想い出に導かれて新小岩に来て、こんな良い店に出会えた。はるばる入間から来た甲斐がありましたよ」

雄一は財布を取り出して笑顔を見せた。

「こちらこそ、過分なお言葉、ありがとうございます」

秋穂は店を出る雄一の背中に頭を下げた。

埼玉県入間市に住んでいるというから、またのご来店はないだろう。一期一会だが、良いお客さんに来てもらって良かったと、秋穂は心から感謝した。

翌日のことだった。

店を開けてすぐ、一人の女性客が入ってきた。

「いらっしゃいませ」

初めて見る顔だった。おそらく七十代だろう。顔立ちは整っているのに表情がいかにも暗く、そのせいで老けて見える印象だ。

「お酒。ぬる燗」

香川頼子はカウンターの端に腰を下ろすと、抑揚のない声で注文した。それだけで体力と気力を使い果たしてしまった感じがした。もう指一本動かすのも大儀で、そのままじっと目を閉じた。

無理もないと、心の中で独りごちた。この年の瀬に、いきなり仕事の契約を打ち切られたのだ。二十五年も誠実に働いてきたというのに、新しく社長に就任した底意地の悪い若造は、過去の実績を一切無視し、頼子の経歴の一点にだけ注目して、無情に通告した。

「あなたには辞めてもらう。うちは信用が第一だ。よそ様のお宅に入り込む仕事だからね。万が一にも間違いが起こったら困るんだ」

急死した創業者の社長は頼子の経歴ではなく、人柄と仕事ぶりで評価してくれた。前社長が、実の息子でありながら、今の社長を別会社に出向させていたのは、こういう事態を引き起こすことを予想していたからだろう。和気藹々とした働きやすい会社の雰囲気がぶち壊されるのを恐れたのだ。

しかし、相続によって会社はあの若造の所有物になった。前社長を支えていた女性専務は、些細なミスをとがめられ、退職に追い込まれた。その後釜として乗り込んできた派手な化粧の女は、どう考えても社長の愛人だろう。つまり、給料という名目で会社の金をお手当に遣っているのだ。

そんなことはみんな分かっていた。でも、誰も手出しはできない。相手はオーナー社長で、非力な従業員がどんなに抗議しようが、所詮は「隆車に向かう蟷螂之斧」だ。

何度目かの重い溜息を吐いて、頼子はそっと目を開けた。カウンターには燗酒の徳利と猪口、シジミの醤油漬を盛った小皿が置かれていた。

頼子は猪口を傾け、シジミを一つ口に入れた。

「………」

何の期待もしていなかったのに、意外なほど美味しかった。一つ、二つと口に入れ、たちまち全部食べてしまった。すると、空っぽだった胃袋が刺激され、にわかに食欲が湧いてきた。

社長にいきなりクビを言い渡され、電車に乗ったものの、ショックのあまり呆然(ぼうぜん)として降りる駅を乗り過ごしてしまった。すぐに反対ホームの電車に乗ろうとして、ふと気が変わったのは、この駅が昔何度も通った場所だったからだ。

懐かしさに導かれて改札を抜け、ルミエール商店街に向かった。アーケードの下を歩きながら左右を見回すと、当然ながら商店街は昔とはすっかり様変わりしていた。唯一、第一書林だけは昔のままに残っていたが、それ以外は見覚えのない店ばかりだった。考えてみれば最後にこの商店街に来てから、半世紀以上経っている。変わらない方がおかしいのだ。

頼子はアーケードの下を何回か行ったり来たりして、脇道(わきみち)に入り、最初の角を曲がった路地裏にやってきた。そして、焼き鳥屋とスナックに挟(はさ)まれた小さな店の前で立ち止まった。

何故か分からないが、入ってみる気になった。もしかして親近感を覚えたのかもしれない。自分と同じ、古臭くて流行遅れでしょぼくれた外観に。

「何か召し上がりますか？」

優しい声で尋ねられ、頼子は顔を上げ、改めて女将(おかみ)を見た。年齢は五十くらい、さっぱりして人好きのする顔だった。髪はショートカットで化粧気はなく、白い割烹着が似合っていた。

「お勧めはある？」

「煮込みは如何ですか？　じっくり下茹でしてあるんで、柔らかいし臭みもありません」

「じゃあ、それ、いただく」

煮込みを器によそい、刻みネギを散らして頼子の前に置いた。頼子は両手で器を持ち、まず煮汁を吸った。濃厚だがもたつきのない、良い味がした。箸を取ってモツを口に入れると、その柔らかさと旨味に驚かされた。温かいモツ煮込みは、胃の腑にしみわたった。

秋穂は頼子の様子を見て、少し安心した。店に入ってきたときから思いつめた様子で、悩み事を抱えているのはすぐに分かった。もう少しでプツンと糸が切れてしまいそうに見えた。しかし、煮込みを食べているうちに、少し表情が緩んできたようだ。

「ああ、美味しかった」

頼子は箸を置いて、秋穂を見た。

「もうちょっと食べたいんだけど、何かある？」

「そうですねえ。冷たい料理なら鯛と白菜の塩昆布サラダ、あったかい料理なら海老と春雨の中華スープなんて、いかがです？」

「美味しそうね。両方もらうわ」

秋穂は手早くサラダを仕上げた。

「お酒が進んじゃう」

徳利を傾けたが、滴しか出てこない。

「お代わり。良かったらママさんもどうぞ」

「ありがとうございます。ご馳走になります」

頼子はサラダを口に運んでいる。食べ終わる頃にはスープも完成するだろう。

「新小岩に来たの、半世紀ぶり。ううん、もっとになるわ。変わったわね」

「そうですね。ただ、シャッター通りにならないで、お店が全部営業してるところだけは、変わりませんね」

頼子は頷いて、猪口を口元に持っていった。

「お客さんは、こちらにお住まいだったんですか？」

「仕事で来てたの。夏の間だけ。ひと夏だけだったけど」

猪口を傾け、遠くを見る目になった。すると、若い頃の美しさの片鱗が、表情に現れた。

「実家は千葉の農家でね、印旛沼の近くにあったの。近くの雑木林でカブトムシやクワガタが採れるんで、父は夏になるとここの商店街に売りに行ってた。子供相手の商売だから、大したお金にはならなかったけど」

頼子の瞼に、あの頃のルミエール商店街の街並みが浮かんだ。あの、青いガラスのドアの喫茶店……。

「ある夏、父が腰を痛めてね。私が代わりに売りに通ったの。喫茶店の横を借りて」

「あのう」

秋穂は思わず口を挟んだ。

「小学生の男の子に店番させて、喫茶店でお昼ごはん食べませんでしたか？」

頼子は驚いて目を丸くした。

「どうして知ってるの？」

「その方、昨日このお店にいらしたんです。それで、お客さんのこと話したんですよ。きれいなおねえさんに店番頼まれて、大きな籠の横に立ってたって」

頼子は呆然として、しばし言葉を失った。

「今はもうご立派になられて、福祉のお仕事をなさってるそうです。でも、今でも夏が来ると、あのきれいなおねえさんのことを想い出すって仰ってました。きっと、お客さんが初恋だったんですねえ。次の年に行ってみたらおねえさんの姿はなくて、ひどくがっかりなさった……」

秋穂は驚いて言葉を飲み込んだ。頼子の目から涙が零れ落ち、頬を伝っていた。そのまま両手で顔を覆い、嗚咽を漏らし始めた。

秋穂は黙って震える肩を見下ろした。そして、嗚咽が収まった頃、新しいおしぼりを差し出した。

「……ありがとう」

頼子は涙を拭い、洟をかんだ。

「辛い思いをなさったんですね」

頼子は首を振り、自嘲めいた笑みを浮かべた。

「あの頃が、一番幸せだったかもしれない」

青いガラスのドアの喫茶店で昼食を食べている時、頼子は見知らぬ青年に声をかけられた。

「早い話がナンパされたの」

秋穂は一瞬「軟派？」と訊き返しそうになったが、あわてて声を抑えた。

「相手は慶応の学生でね、梅沢賢吾って名前だった。近くの古本屋を覗きに来て、偶然同じ喫茶店に入ったってわけ」

賢吾は絵に描いたような慶応ボーイだった。背が高くてハンサムで洗練されていて遊び人だった。賢吾は雄一少年が店番を引き受ける日には喫茶店にやってきて、頼子と昼食を共にした。

「私は手もなく引っかかったわ。男の人と付き合った経験もなかったから、まさか自分が遊ばれてるなんて夢にも思わなかった」

秋の終わりに、頼子は妊娠した。それを告げると、賢吾は道端に転がった犬の糞でも見るような眼で頼子を見た。

「知るか、そんなもん。自分で何とかしろよ」

投げつけられた一言に、頼子は逆上した。そして……。

「ホテルで会ってた時だった。私、リンゴを買っていったの。皮を剝いてる途中だった。気が付いたら、刺してたわ」

ペティナイフを手に体ごとぶつかった。切っ先は腸に達し、大動脈を傷つけた。賢吾は救急搬送されたが、助からなかった。

「私は逮捕されて、取り調べの途中で流産した」

初犯で犯罪歴がなく、情状酌量が考慮されたが、結局は実刑判決を受け、短い期間ではあったが服役した。

出所してからいくつかの仕事を転々としたが、二十五年前に家事代行業の会社に採用され、これまで真面目(まじめ)に働いてきた。それなのに今日、前歴を理由に突然解雇を言い渡されたのだった。

「ひどいわ」

秋穂は義憤を感じてこぶしを握り締めた。

「そんな奴、絶対にろくな死に方しませんよ」

頼子は一瞬ギラリと目を光らせた。

「その通りよ。私だって、刺し違えてやろうかと思った。どうせこの先生きてたって、良いことなんかないし」

「いけません！」

教師時代のような声が出て、頼子だけでなく秋穂自身も驚いた。

「あなたは昔の昆虫少年のあこがれの人なんですよ。その人は大人になっても、あなたのことをずっと想っているんですよ。その気持ちを裏切るんですか？」

頼子は行きつく先を探して視線を泳がせた。

「あなたは立派にやってきたじゃありませんか。男に裏切られても立ち直って、キチンと罪を償って、社長さんとお客さんに信頼されて、二十五年も仕事を続けてきたんでしょう。それなのに、これから先良いことがないなんて、どうして言えるんです？」

秋穂はカウンター越しに身を乗り出した。

「自分自身を信じてください。ずっとあなたにあこがれていた昆虫少年の気持ちを信じてください。あなたを信頼している人たちを信じてください。絶対に、良いことはあります！」

占い師でもないのに未来を言い切って良いものか、一瞬迷いが生じたが、義憤と同情がそれを吹き飛ばした。この女性は幸せにならなくてはいけないと、秋穂は祈りにも似た気持ちで信じた。

「……ありがとう」

頼子の目が再び涙で潤んだ。

「私、今日、この店に来て良かった」

「春雨スープ、冷めちゃった。あっため直しますね」

秋穂は笑顔を作り、明るい声で言った。

ルミエール商店街を南へ歩き、中ほどで右の路地に入り、最初の角を左へ曲がる。そんな複雑な道ではないし、かつては歩きなれた商店街でもあった。それなのに目指す居酒屋が見つからないのは何故だろう。

「とり松」という焼き鳥屋と昭和レトロな「優子」というスナックはある。しかし、その間に挟まれていたはずの「米屋」は、「さくら整骨院」というシャッターの下りた診療所になっていた。

米屋を訪れた翌日、家事代行を担当していた中井（なかい）家の奥さんから電話がかかってきた。中井さんは主婦ではあるが、首都圏で定食屋をチェーン展開している女性実業家である。

「香川さん、会社辞めたって本当？」

「はい。突然で申し訳ありません」

「実はね、折り入ってお話があるのよ」

近くの喫茶店で会うと、中井さんは前置き抜きで切り出した。

「今度新しく出店する店の責任者になってもらえないかしら。若い店員たちの指導をしてもらいたいの。香川さんなら厨房もサービスも両方見られるでしょう」

突然の申し出に飛び上がりたい気分だったが、頼子は気を落ち着けて自分の前歴を告白した。そのために会社を解雇されたことも。

「信じられない！　あの会社、新しい社長は問題あると思ってたけど、そこまで根性腐ってるとは知らなかったわ」

中井さんは憤然として言うと、きっと頼子を見据えた。

「香川さん、今の話を聞いて、私はますますあなたにお願いしたくなりました。私はかれこれ十五年、我が家の家事を代行してもらっています。だからあなたがどんな方で、どういう働き方をするかは、充分承知しています。是非、お願いします」

その場で契約は成立した。責任者として雇用されるので、条件は前の仕事より良かった。

頼子はつくづく、自棄を起こさなくて良かったと思った。そして、自分の気持ちを立て直してくれた米屋の女将に感謝した。

早速店を訪ねて、この経緯を報告したかった。それなのに、目指す店が見つからない。

頼子は仕方なく、焼き鳥屋とり松の引き戸を開けた。

店内の様子は米屋とよく似ていたが、テーブル席が二卓あって少し広い。カウンターの中では主人が団扇を使って焼き鳥を焼いており、女将はチューハイをこしらえていた。二人とも頼子と同年代に思われた。

カウンターには四人の客が座っていた。男が三人、女が一人。背中の感じから、いずれも老人だと分かる。

「いらっしゃい」

女将が声をかけたが、頼子は申し訳なさそうに頭を下げた。

「すみません、お客じゃないんです。ちょっとお尋ねしたいんですが、この辺に米屋という居酒屋はありませんか？」

と、カウンターの客が一斉に振り返り、頼子を凝視した。その視線の圧力にたじろいだが、誰も悪意はなさそうだった。

一同を代表するように、女将が尋ねた。

「お客さん、米屋に行ったのはいつです？」

「昨日です。私、いやなことがあって自棄を起こしそうになっていたのを、女将さんに諫められて……。そしたら今日、思いがけないいいことがあったんです。それで、嬉しくなって知らせたくて」

四人の客はそれぞれ確認するように顔を見合わせた。中でも一番年長の、頭のきれいに禿げ上がった男性が口を開いた。

「奥さん、米屋は三十年前に店を閉じましたよ。女将さんが急病で亡くなって」

頼子は大きく息を呑んだまま、しばらく吐き出せなかった。

「そ、そんなバカな」

やっと出た声はかすれて震えを帯びていた。

「本当ですよ。私たちは通夜にも葬式にも行きましたから」

八十を少し過ぎたかと見える、髪の毛を薄紫色に染めた女性が言った。

「身寄りがなかったんで、店は人手に渡りました」

女性と同じくらいの年齢の、立派な顎髭を生やした男性が言った。

「それから居酒屋が何軒か入れ替わって、今のさくら整骨院で五代目くらいかな」

中で一番若い……とはいっても七十代後半の、ポケットが沢山ついた釣り師が着るようなベストを着た男性が言った。

「でも……。でも私、お店でお酒も飲んだし、料理も食べたし、話もしたんですよ。あの女将さんがいなかったら、昨日のうちにとんでもないことをしたかもしれない。女将さんに助けられたんですよ」

「それを聞いたら、秋ちゃん、きっと喜びますよ」

髪を薄紫に染めた女性が言った。

「秋ちゃんは優しくて面倒見が良かったから、きっとあの世に行っても、困った人を見ると放っておけないんだろうね」

顎髭を生やした男性が言うと、頭の禿げた男性が小さく目をしばたたいた。

「それにしても、良い人ほど早死にするよな。秋ちゃんも、正美さんも、もう少し長生きしてほしかったなあ」

客たちの会話を聞いて、頼子は自分の会った米屋の女将が、この世の人ではなかったのを理解した。しかし、不思議と恐怖は感じなかった。それより、温かな感謝の念が胸にあふれてきた。

あの女将さんは、見ず知らずの私のために心を砕いてくれた。そして、生きてゆく希望を取り戻してくれた。

頼子は心の中でそっと手を合わせ、感謝の言葉を呟いた。

「皆さん、どうもありがとうございました。私、米屋の女将さんのこと、一生忘れません。大切に想い出にします」

頼子は深々と一礼すると、静かに引き戸を閉めた。

第二話

謎の漢方医

「……そんなことないわよ」

秋穂は自分のしゃべっている声ではっと目が覚めた。炬燵に入ってテレビを見ていたつもりが、いつの間にかうたた寝をしていた。

突っ伏していた台から顔を上げた時には、自分がどういう状況で「そんなことないわよ」と言ったのか、まるで思い出せなかった。相手の顔も言葉もすっかり記憶が抜け落ちている。

これだから夢って厄介なのよね。

声に出さずに独りごちて、壁のカレンダーに目を遣った。新品のカレンダーは一月のページになっている。先週から店を開けたのだが、新年を迎えたという感慨はない。

教師をしている頃は、学校行事に対応していたので、一年の間にいくつも節目があって、生活にもメリハリがあったと思う。しかし、退職して居酒屋を始めてからは、昨日も今日も半年先も、大した変化のない日々となった。季節に応じて使う食材は違うが、料理を仕込んで店を開け、お客さんを迎える生活は十年一日変わらない。

秋穂は仏壇に飾った正美の写真に目を転じた。

そうだった。人生は大きく変わったではないか。正美は死んでしまった。歴史の区分がBCとADなら、秋穂の人生はBMとAM、つまり正美以前と以降で区切られている。教師を辞めて居酒屋を開店するときも、正美と一緒だったから、何の不安も感じなかった。まさかそれから十年で別れがくるなんて、あの頃は夢にも思っていなかった。

秋穂は炬燵を出て、仏壇の前に座ると、いつものように線香を焚いて手を合わせた。

いや、きっとそれも違う。正美の肉体は秋穂の前から姿を消したが、その魂はいつもそばにいる。寄り添い、見守ってくれるのを感じている。だから秋穂の人生は区切られることなく、ずっと続いている。今日が明日に続いてゆくと、素直に信じられる。

秋穂は胸の前で合わせていた手を下ろし、正美の写真に心の中で言った。

お店に行って来るわ。今日も一日、無事に終わると良いね。

秋穂はゆっくりと立ち上がり、一階の店に続く階段を下りた。

新小岩は東京都葛飾区の南に位置し、江戸川区と境を接している。一般的なイメージは《商店街の充実した活気のある下町》といったところだろう。

事実その通りなのだが、近年《子育てのしやすい街》としても注目されていて、子育て満足度では都内トップに躍り出た。住宅地の近くに公園が整備され、区の支援もあって保育園の待機児童の数も少ない。駅前には病児保育を受け入れている保育所もあり、共働き夫婦には心強い味方となっている。都心までのアクセスが良く、近くに首都高の乗り入れ口があるのも魅力の一つだ。

そんなわけで近年は新築のマンションや戸建てが増え、家族で移住してくる世帯が多くなった。背後に広大な住宅地を抱えて、地元商店街はこれからも発展を続けるだろう。その新小岩のランドマークは何といっても南口駅前の新小岩ルミエール商店街だ。四百二十メートル続く商店街は途中で江戸川区に入るが、アーケードで一つにつながっている。ただ、上を見ると天井に違いがあって、ドーム型が葛飾区、三角型が江戸川区である。

しかし軒を連ねる約百四十の店舗はほぼ全店が稼働しており、空き店舗が出るとすぐに次のテナントで埋まるという。シャッター通りと化す商店街が増える中、数少ない大健闘している商店街だ。

二つの区の商店組合も緊密に協力し合って、季節ごとに様々なイベントを企画して商店街を盛り上げている。特に正月の餅つき大会、春のさくらまつりなどが人気らしい。

米屋はそのルミエール商店街の中ほどを右に曲がり、最初の角で左に折れた路地にある、何の変哲もない居酒屋だ。住居兼店舗の二階家は築四十年を経過して、そろそろガタが来そうな様相だが、周囲の店もみんな似たり寄ったりなので、あまり目立たない。

店内はカウンター七席のみ。女将が一人でやっているざっかけない店なので、大した料理はないし、酒の種類も少ない。最初からグルメのお客さんは想定していないので、これで構わないのだ。

唯一飾りといえるのは、店内に所狭しと貼られた魚拓の数々だ。これは釣りが趣味だった秋穂の亡夫正美の置き土産で、店を開いた当初は正美の釣果をふるまう海鮮居酒屋だった。しかし、正美の死後は秋穂の手料理しかない居酒屋に変わった。

ありふれた、どこにでもある店だった。しかし、世の中にはそのありふれた感じが好きなお客さんもいる。米屋もそういう奇特なお客さんに支えられて、この十年店を続けてきたのだった。

入り口のガラス戸がきしんだ音を立てた。建付けが悪くなってきたらしい。

「いらっしゃい」

今日の口開けのお客さんが入ってきた。近所で古本屋「谷岡古書店」を営む谷岡匡だ。

もっとも今、実質的な経営は息子の資に任せて、本人は楽隠居といったところだろう。

「そうさな。ホッピー」

匡は真ん中の椅子に腰を下ろすと注文を告げた。アルコール類はホッピーとサッポロの大瓶、チューハイ三種、黄桜しか置いていないので、迷う余地もない。

「樹君、最近はどう？」

お通しのシジミ醤油漬を出して、秋穂は尋ねた。

樹は匡の孫で、大学で日本史を勉強をして大学院まで進んだ。あることがきっかけで書籍を出版したところ大評判となったのだが、指導教授の嫉妬からハラスメントに遭い、博士号への道が閉ざされかかっていた。しかしつい最近、大学院をキッパリと辞め、執筆に専念することにしたそうだ。

「元気にしてるよ。水を得た魚っていうのかな、暗い顔で死んだ魚みたいな目をしてた頃とはまるで別人だ。原稿の依頼も順調に来ているらしい」

「ああ、良かった。ホッとしたわ。私も余計なこと言った手前、責任感じてるのよ」

樹に「そのクソッタレ教授がいる限り、あなたは一生浮かばれない。そんな大学院は早く辞めた方が良い。博士号や大学の権威なんか借りなくても、あなたは立派に学者として独り立ちできる」と忠告したのは秋穂だった。それは店にやってきた一見のお客さんが「谷岡樹は大学院を辞めて独立したからこそ、今のような大学者になれた」と、予言者のようなことを言ったからだ。

どうしてその客に将来のことが分かるのだろう。もしかして神の使いが人の姿で現れたのだろうか。あるいは、まったくの口から出まかせだろうか。

秋穂の心は千々に乱れたが、結局は自分を信じて、最善と思われる忠告をした。それが的外れではないことが分かって、まずは安堵した。そして、樹の成功を祈らずにはいられない。

「夏に文藝春秋から新刊が出る予定でね。今はそれにかかりきり」

「すごい。一流どころじゃない」

「ああ。本人も張り切ってる」

「ごはん、ちゃんと食べてる？」

匡は思い出すように目を宙に向けた。

「食べたり食べなかったりだな。朝はうちの婆さん、夜は倅が担当だが、書いてて乗ってくると、それこそ寝食を忘れるらしい」

「無理ないわね。このチャンスに賭けてるんだろうし」

大学を離れてフリーの執筆者になったからには、自営業だ。筆一本で稼ぎ、書いたもので評価される。ある程度評価が確立するまでは、死に物狂いで頑張るのは当然かもしれない。

「でも、身体を壊さないと良いけど」

「まあ、若いし、大丈夫だろう」

こんな時母親がそばにいれば、なにくれとなく世話を焼いてくれるんだろうけど……。

秋穂はふと思い、あわててその考えを打ち消した。

資は高校の同級生の砂織と大学生の時に結婚して、樹を頭に三人の子供に恵まれた。砂織は結婚前から離島教育に興味があり、卒業して教職に就くと、樹を連れて離島に赴任した。資とは別居結婚である。子供たちは中学まで砂織と一緒に島で暮らし、高校からは東京で資と暮らした。資は子育てをしながら店の仕事と家事をこなしたのだが、その甲斐あって、砂織は島で初めての女性教頭になり、校長も確実だと言われている。

結婚当初、二人の選択は周囲から好意的に受け入れられたわけではない。中には心無いことを言う人もいたし、特に砂織に対する風当たりは強かった。

しかし、資は全面的に砂織を支援した。砂織が離島教育にかける夢と情熱を守りたいという気概が、周囲にも伝わってきた。そして、夫婦の固い絆が、周囲の無理解に打ち勝つ時が来た。

その経緯を見守ってきただけに、秋穂は自分の安易な考えを戒めた。樹はもう大人なのだ。健康管理は自分でするべきだ。母親の過保護は子供をダメにする。愛と干渉は別物だ。

「おじさん、今日食べて気に入った料理があったら、お土産で持ってく？」

「そうさな。秋ちゃんの料理、最近レベル上がったもんな」

「まずは野菜ね。白菜とハムのコールスロー」

秋穂は冷蔵庫から保存容器を取り出し、コールスローを皿に盛った。冬に旬を迎える白菜を千切りにして塩で揉み、細切りにしたハムと一緒にオリーブオイル、ビネガーで和えれば完成だ。

「白菜ってのが珍しいな」

「冷蔵庫で四日保存できるのよ。ちょっとマヨネーズを加えて和えればサンドイッチの具になるし、鶏ガラスープの具にして酸辣湯風にもなるわよ」

「便利なもんだな」

匡はコールスローを箸でつまみ、口に運んだ。素朴な、飽きのこない味だった。

「資君に言えば、チャチャッと作れるわよ」

秋穂は冷蔵庫から別の保存容器を取り出した。中の料理はキャベツとじゃこのおかかまぶし。

「これも冷蔵庫で四日保存できるの。コールスローとは味が違うから、良いんじゃない」

キャベツを千切りにして塩で揉んで水分を絞り、ちりめんじゃこ、千切り生姜(しょうが)、ゴマ油を加えて混ぜ、最後に鰹節(かつおぶし)を入れてさっと和える。じゃこと鰹節という二種類の旨味食材が利(き)いていて、いくらでも食べられる。

「なるほど。いける味だ」

「焼きそばやお好み焼きの具にもなるから、試してみてね」

野菜が続いたので、次は肉料理を出すことにした。

「こんなの作ってみたんだけど、どう?」

「砂ぎも?」

「そう。砂肝のコンフィ」

「どんな料理だい?」

「正式には油でじっくり煮るんだけど、うちのはレンチン」

ポリ袋に下処理した砂肝と塩、オリーブオイル、ニンニク、ローズマリーを入れ、水を張った耐熱ボウルに袋の口を開けたまま沈め、電子レンジで十二分加熱する。湯に浸(つ)

けたまま十五分置き、中まで火が通ったら出来上がり。

「えらく簡単だな」

「だから作ったの。それに、これも保存できるし」

匡は砂肝を一粒食べてみた。オリーブオイルとニンニクの組み合わせに外れはない。表面の白い皮を取り除いてある砂肝は、弾力があって食べやすかった。

「そういえば、マオちゃんの方はどう？」

「どうなのかなあ。宝くじみたいなもんだしなあ」

匡が言うのは、東京キー局の女子アナウンサー採用試験のことだ。資と砂織夫婦には樹の下に真織（まおり）、香織（かおり）という女の子がいる。真織は今年大学三年生で、女子アナウンサー志望だった。そのため高校生の頃から放送部に入っていた。

東京キー局のアナウンサー採用試験は、大学三年生の一月〜三月にかけて行われる。人気職種で毎年応募者が殺到するため、筆記試験の後は何度も面接が繰り返され、ふるいにかけられる。大学によってはテレビ局の受験者に学内選抜試験を行い、人数を制限するところもある。そのくらいの激戦区だった。

「マオちゃんも、厳しい道を選んだわね」

「まあ、今はタレントより人気があるから、あこがれるのは仕方ないんだろうなあ」

匡は浮かない顔をした。

秋穂も同じ気持ちだった。その人気に比べて、女子アナウンサーというのは割に合わない職業に思えて仕方ない。第一線で活躍できるのは若くてきれいな間だけで、四十を過ぎるとほとんど画面に登場しなくなる。せっかく超難関の試験を突破して採用されたというのに、これではモデルやタレントと大して変わらない。女子アナウンサー志望の女性たちは、この現実をどう考えているのだろうか。

「でも、内定が早く出るのは良いわね。ダメだったら、すぐ次の企業を受ければいいんだから」

まだ世の中は好景気が続いていて、新卒学生は引く手あまただった。有効求人倍率は二〜三倍を維持している。秋穂は「就職戦線異状なし」という映画のタイトルを思い浮かべた。

「カオちゃんの方はどこ志望なの？」

香織は去年大学に進学したばかりだった。

「さあな。何も考えてないんじゃないか。やれマハラジャだ、ジュリアナ東京だって浮かれてるよ」

「ディスコはもう社会現象ねえ」

「大体男がだらしないんだよ。アッシーだのメッシーだのって、何なんだ」

ともにバブル時代に誕生した言葉で、女性に呼び出されて車で迎えに行ったり何処かへ送り届けたりする、つまり足代わりに使われる男性をアッシー君、食事をご馳走してくれる男性をメッシー君と呼んだ。

「この前、彼女のバッグ持って歩いてる男がいたよ。お前は政治家の秘書かって言ってやりたかった。カバン持ちでもあるまいに。ったく、情けないっちゃないぜ」

秋穂も同感だった。女性を大切にすることと甘やかすことは違う。今の若い男性は総じて女性のワガママを受け容れているようだが、それは結局、女性を勘違いさせているだけではあるまいか。

「おじさん、今日の決定版、自家製コンビーフ、食べてみる?」

「コンビーフなんか、家で作れんのかい?」

「簡単、簡単。汁に漬けて煮るだけ。時間はかかるけど手間は全然。それに、信じられないくらい美味しいわよ」

匡は涎を垂らしそうな顔になった。

「俺は子供の頃からコンビーフが大好きなんだよ」

秋穂は冷蔵庫からアルミホイルに包んだコンビーフを出してきた。一週間は保存可能だ。

「なんだか、コンビーフっつうより、ハムの塊（かたまり）みたいだな」

匡は椅子から腰を浮かせて、カウンターの中を覗（のぞ）き込んだ。

「牛肉を円筒形に巻いて、晒（さらし）でびっちり固定して、タコ糸で縛ったから。食べると違いが分かるわよ」

漬け汁に一週間ほど漬けてから水にさらして塩抜きをする。それから形成し、ハーブやスパイスを入れた水で一時間半〜二時間茹（ゆ）でる。茹で汁に漬けたまま半日から一日冷ましたら完成。

見た目はボンレスハムに似ているが、コールドミートの代表格の味わいは、缶詰とは一味も二味も違う。

秋穂は厚めに切って皿に載せ、マスタードを添えて出した。

匡は一口食べて、目を丸くした。

「これはすごい。コンビーフの概念が変わったよ」

「でしょ。包むから、樹君の夜食にして」

「いや、これはやめとく。一度味を覚えさせたら、また食いたいって言うに違いない。資にこんなものは作れないし、毎日秋ちゃんにこさえてもらうわけにもいかないしな」

「分かった。おじさん、良かったらパン出そうか？　バター塗ってコンビーフはさんで食べると美味しいわよ」

「いや、それよかご飯くれ。俺はコンビーフと白飯が一番好きなんだ」

秋穂は早速ジャーの蓋をあけ、茶碗にご飯をよそった。ご飯はいつも開店時間に合わせて炊き上げる。

「マヨネーズある？」

「はい、どうぞ」

匡はご飯の上にコンビーフを載せ、その上にマヨネーズを絞り出した。

「これ、これ。これがやりたかったんだよ」

もうとっくの昔に食べ盛りは過ぎたというのに、匡は「ワシワシ」という擬音が付きそうな勢いで、コンビーフ丼を平らげた。

「ああ、ご馳走さん」

「おじさん、今、お土産詰めるからね」

「ありがとう」

秋穂はタッパーにアルミホイルで仕切りをして、白菜とハムのコールスロー、キャベツとじゃこのおかかまぶし、砂肝のコンフィを詰め合わせた。

「じゃあ、また」

匡は大事そうにタッパーを抱えて、店を出て行った。

それから二、三分して、新しいお客さんが入ってきた。女性の二人連れで、もちろん初めての顔ぶれだ。

一人は四十代後半、もう一人は四十そこそこだろう。二人ともどことなく知的な雰囲気があって、新小岩の路地裏の居酒屋の客には珍しい。

「いらっしゃいませ」

おしぼりを手渡すと、女性たちは物珍しげに店内を見回した。

「あ、この魚拓、亡くなった主人の置き土産なんです。うち、海鮮料理はやってないんですよ。誤解させたらすみません」

海鮮を期待されては困るので、前もって断りを入れたが、女性たちは少しもがっかりしなかった。

「私たち、こういう普通の居酒屋さんで呑(の)みたかったの」

「特に今日は、ね」

女性たちは互いの顔をちらりと見合い、意味ありげな微笑を浮かべた。

年長の女性は若尾(わかお)みどりという名で、女性誌「ＶＯＹＡＧＥ」の副編集長をしている。

年下の女性は朱堂佳奈というライターで、いくつもの雑誌から原稿依頼が来るが、「VOYAGE」との仕事の比率が一番多く、全体の五割を占めていた。

二人は十年以上の付き合いで、公私にわたって交流がある。今日も取材で新小岩に来た帰りだった。アーケード商店街を歩き回って路地に入り込み、たまたま出たのが米屋の前の路地だった。

ちょうど今日の取材の掉尾を飾るにふさわしい、「何の変哲もないくたびれた居酒屋」が目の前に現れたので、二人は早速入ってみた。店内も良い具合に小汚くて、いよいよイメージにぴったりだった。料理も期待できそうにないのが良い。

「ホッピーください」

「私も」

みどりも佳奈も、居酒屋定番の飲み物を注文した。普段はビールやチューハイがほとんどで、ホッピーは飲む機会がない。

「乾杯！」

ジョッキを合わせてぐいと飲み、カウンターに置いてお通しのシジミ醤油漬を一粒口に入れた。

「………」

みどりも佳奈も、ちょっと意表を突かれた気がした。美味しいのだ。「こんな店にしては」というエクスキューズを必要としないレベルだった。

二人はメニューを手に取り、じっくりと眺めた。

定番の牛モツ煮込みや冷や奴もあるが、中でも目を引いたのは白菜とハムのコールスローサラダ、キャベツとじゃこのおかかまぶし、砂肝のコンフィ、アボカドとサーモンのレモンなめろう、菜の花のアンチョビキノコソース、自家製コンビーフ……。

酒のメニューはホッピーとサッポロ瓶ビール、チューハイ三種、黄桜しかないというのに、かなりしゃれた料理を出すではないか。

二人は無言で会話を交わした。

「どうする？」

「やめといた方が良いんじゃない。定番以外はどんなものが出てくるか、分かんないわよ」

「でも、ちょっと興味あるわ」

「まったく、もの好きなんだから」

佳奈があきらめ顔で肩をすくめると、みどりが声を上げた。

「すみません、メニューのここからここまでください」

白菜とハムのコールスローから自家製コンビーフまでを指で示した。佳奈はみどりの脇腹を肘で突っつきそうになるのを、かろうじてこらえた。

「責任もって、まずくても食べてくださいよ」

口には出さず、恨みがましい表情で訴えた。

「分かった、分かった。任せとけって」

みどりは黙って頷き、無言で胸を叩いた。

二人の無言のやり取りなど知る由もなく、秋穂は調理にとりかかった。とはいえ、ほとんどは作り置き。火を使ったのは菜の花を茹でた時だけだ。

アンチョビキノコソースは作ってから冷蔵庫で二週間も保存できる優れものだ。揚げたキノコの香ばしさに魚介の風味を加えたソースは、オイルダレと呼ぶ方がしっくりくるかもしれない。

揚げたしめじとアンチョビ、バジル、醤油、米油と共にフードプロセッサーにかけ、具材の粒感が少し残るくらいまで攪拌すれば完成。茹で野菜の他、レタスや豚しゃぶ、茹で鶏にかけても美味しいし、チャーハンの炒め油にも使える。

菜の花が茹で上がった。湯気の立つアツアツの上にこのソースをかけると、食欲をくすぐる香りが菜の花の熱気でふわりと広がる。

みどりも佳奈も思わず鼻をひくつかせた。

「美味しい……」

一箸つまんでみどりが目を丸くした。

「菜の花のほのかな苦みとすごく合うわ」

「うどにも合いますよ。そのほか、茹で立てのそら豆なんかも」

秋穂が言うと、みどりは大きく頷いた。

「私、ふかしたジャガイモにかけてみたい。きっと美味しいと思う。それと、茹でた鶏肉」

佳奈もソースの香りを吸い込みながら言った。

「とんしゃぶにかけても合いますよ。今日は砂肝のコンフィとコンビーフがあるので、肉系はメニューに載せなかったんですけど」

秋穂はアボカドとサーモンのレモンなめろうを作りながら答えた。

刺身用のサーモンを粗みじんに切り、フォークでつぶしたアボカドと共にボウルに入れ、みじん切りにしたレモンと味噌で和え、最後に粗く切ったバジルの葉を混ぜる。ともすれば脂っこい味になりそうな組み合わせだが、レモンとバジルのおかげで爽やかなつまみに変身する。味付けのベースが味噌なので、日本酒とも相性が良い。

秋穂はバゲットの薄切りを添えて皿に盛った。バゲットはトースターでさっとあぶってある。

みどりと佳奈はバゲットになめろうをたっぷり載せ、大きく齧った。二人とも最初の一口を飲み込むと、溜息を吐いた。

「さわやか。すいすい飲めそう」

「……日本酒に合うかも」

すかさず佳奈が秋穂に声をかけた。

「女将さん、日本酒一合、冷で。それと、煮込みもください」

この店の煮込みなら、レベルが高いに違いない。食べないときっと後悔する。

みどりの顔を窺うと思いは同じらしく、ぐいと親指を立てた。

二人は同時に器の中で湯気を立てている煮込みに箸を伸ばした。

予想にたがわず美味かった。煮込みを看板にしている居酒屋は数多いが、中でもトップレベルではなかろうか。牛モツの様々な部位が入っていて、それが柔らかく、まったく臭みを感じさせずに煮込まれている。煮汁の味は深くてコクがある。それなのにしつこさや重さがない。いくらでも飲めそうだった。

「新小岩って、深いですね」

佳奈はつくづく感心して呟いた。

「ホントよね。谷岡樹も生めば、こういう店も生む」

「近所にこんな店があったら、私きっと、毎日通っちゃうわ」

ウソばっかり……秋穂は心の中で呟いた。きっとこの女性たちは都心に近い職場で、颯爽と働いているのだろう。そういう街にはおしゃれな居酒屋がたくさんある。仕事帰りに寄りたいのはそういう店で、東京のはずれにあるしょぼくれた居酒屋なんか、お呼びでないはずだ。

と思ったそばから、妙なことに気が付いた。

この人たち、確か「谷岡樹も生めば」と言った。谷岡樹って、おじさんの孫のあの子よね。知り合いなのかしら？

「でも谷岡先生もすごいけど、ご両親も立派ですよね」

佳奈の言葉にみどりは何度も頷いた。

「ホントよね。奥さんが仕事で単身赴任して、ご主人が東京で子育てでしょ。令和だって風当たりが強いのに、昭和の時代にそれをやったんだから、えらいわよ」

「やっぱりそういうご両親を見て育ったことが、谷岡先生のユニークな歴史観につながってるのかもしれませんね」

「そうそう。物事を正面から杓子定規に眺めるだけじゃなくて、ちょっと視点を横にずらす、上から俯瞰する、他との違いを考える……谷岡史観の根本は、右へ倣えの拒否よ。それはきっと、ご両親の育て方が大きいんだと思う」

この人たちは資と砂織を褒めている……。

秋穂は嬉しくて一品サービスしてあげたい気持ちになった。それにしても「令和」って何だろう。平成になったばかりだというのに。

「お客さん、煮込み、砂肝、コンビーフとなると肉が続きますけど、よろしいですか。なんだったら砂肝かコンビーフ、どっちかパスして魚の料理出しましょうか?」

みどりと佳奈はパッと顔を見合わせた。

「どうします?」

「確かに、一品魚系が食べたいかも」

「私、自家製コンビーフは絶対食べたいです」

「私も」

みどりは秋穂に顔を向けた。

「それじゃ女将さん、砂肝をキャンセルします。魚料理は何があるの?」

「ええと、アサリの白ワイン蒸し、納豆バクダン、りゅうきゅう」

「あのう、ワイン蒸し以外は、どんな料理？」

「納豆バクダンはひきわり納豆、たくあん、メカブ、オクラ、鮪のすき身、イカ素麺をお醤油で混ぜ合わせて、海苔で包んで食べる料理です。りゅうきゅうはお刺身を甘辛いタレに漬けたもので、ヅケですね。ワサビも良いですが、和辛子も合いますよ」

納豆バクダンは糖質ほぼゼロで、ねばねば好きにはたまらないおつまみだ。りゅうきゅうは大分の郷土料理で、ご飯に載せればどんぶり、出汁をかければ出汁茶漬けになる。

説明を聞くうちに、みどりも佳奈も舌の奥から涎が湧いてきた。

「どっちも美味しそうね」

「みどりさん、糖質ゼロなら両方頼みませんか？」

「そうよね。とりあえずりゅうきゅうはシメに食べよう」

納豆バクダンはオクラを茹でて切るのと、たくあんを細かく刻む以外、買ってきた材料を並べるだけの手間いらずだ。好みで辛子を混ぜても良い。

「はい、どうぞ」

小皿に焼き海苔を載せ、取り分け用にスプーンを添えた。

みどりは納豆バクダンを盛った皿に醤油を垂らし、辛子を少し入れて、スプーンで勢い良くかきまぜた。それを海苔に載せて包み、口に運ぶや、二人は猪口に残った日本酒を飲み干した。

「日本酒お代わり。二合ね」

みどりが指を二本立てた。納豆バクダンは果てしなく日本酒を呼ぶのだ。

「谷岡先生のご両親は進歩的よね。それに引き換えうちの親は……っていう話じゃないのよ」

みどりが二つ目のバクダンを口に放り込んで言った。

「末っ子の私を東京の大学に進学させてくれたの。それが何故(なぜ)なのか、ずっと謎でね」

佳奈はねばねばの食感を楽しみながら、怪訝(けげん)そうな顔をした。

「うち、富山(とやま)の田舎(いなか)なのね。高校の同級生には進学しない子も半分はいたし、四大いく子は地元の国立がメジャーで、男子でも京都・大阪の大学がメイン。東京までいく子ってゼロに近いの。それが女の子を東京の大学に行かせるって、冒険というか、暴挙に近いわけ」

みどりの両親はすでに後期高齢者で、二人とも軽度の高血圧症と糖尿病を抱えている。去年は父が定期健康診断で初期の大腸癌と診断され、内視鏡手術を受けた。

「で、年末に帰省した時、思い切って訊いたわけ。この先何があるか分からないから」

みどりの家はいわゆる兼業農家で、母が主力で米作りとチューリップの球根栽培を行い、父は役所に勤める傍ら作業を手伝っていた。

五歳年長の姉と三歳年長の姉がいるが、二人とも大学進学はせず、地元の会社に就職して結婚した。上の姉の夫が養子縁組して若尾家に入り、両親と同居している。

「つまり、その土地のごく平均的な家族のわけ。特別進歩的でもないし、封建的でもない。隣の家のご夫婦と同じような夫婦ね。それなのに一番下の私が東京の大学へ進学したいって言った時、どうしてすんなり認めてくれたのか、いまだに分からない。こっちはてっきり、猛反対されると思い込んでたんだけど」

「末っ子で、可愛かったんじゃないですか」

　みどりは激しく首を振った。

「うちの両親はそういうタマじゃないの。頑固で一徹、筋通したがるのね。だから姉二人は進学させないで、末っ子だけ東京の大学に進学させるなんて、筋が通らないわけよ」

「今までご両親にお聞きになったことは？」

　みどりはまたしても首を振った。

「東京に行けたことが嬉しくて、理由なんかどうでも良かった。変なこと訊いてかえって藪蛇になったらヤだしさ」

みどりは幼い頃から読書好きだった。特に小説を読むのが好きだったが、高校生になると、小説家ではなく本を作る仕事をしたいと思うようになった。新しく創刊された雑誌がいくつもあり、その斬新さにあこがれた事も大きい。

同時に、東京の大学を出ないと出版社に入るのは難しいだろうと考えた。何としても東京の、出来れば有名大学に入りたい……。

「だから志望校に受かって、東京で暮らして、好きな勉強をして、出版社に合格して、もう無我夢中。有頂天で両親の気持ちなんか気にも留めなかった」

話を聞きながら、秋穂も大いに共感した。若い頃は自分自身のことしか眼中にない。どうやって自分の才能を伸ばし、ふさわしい立場を得るか、つまり「自己実現」を図ることしか考えられない。

そんな時期は恋人のことは考えても、両親のことなど気にも留めない。酸欠にならない限り、空気を意識しないのと同じように。

だが、次第に若さを失ってゆく過程で、周囲が目に入ってくる。その場にいる自分というものが客観的に見えてくる。そうすると、自分の力だけで今の自分があるわけではないと実感されてくる。国籍、両親、生活環境など、自分では選ぶことのできない大切なものによって、自分の原型は作られたと自覚できる。

「で、ご両親は何て仰ったんですか？」

「それがね、変な話なのよ」

みどりは小学校入学直前に皮膚炎になった。皮膚科の病院に行って薬を処方してもらったが、回復ははかばかしくなかった。みどりは体中に引っかき壊しを作っては泣き、母の葉子は頭を抱えた。

そんな時、近所の人が隣町によく効くと評判の漢方医がいると教えてくれた。葉子は藁にも縋る想いでみどりを連れて隣町へ行った。

「子供の頃だからよく覚えてないんだけど、壁に人体図みたいな絵がいっぱい貼ってあって、怖かったわ。お医者さんは若い先生だった。おじいさんだとばかり思ってたから、意外な気がしたのを覚えてる」

あとで分かったことだが、その先生は医院の二代目で、病気休養中の父親の代診をしていたのだった。東京の大学の東洋医学研究所で学んだ腕の良い漢方医だったらしい。

「そこには三回くらい通ったかな。先生が処方してくれた薬を煎じて飲んだら、徐々にかゆみが治まってきて、ほぼふた月くらいでウソみたいに治っちゃった。痕も残らないできれいな皮膚に戻ったわ」

葉子は大いに感謝して、最後の診療のときに菓子折りをもって行って礼を述べた。

するとよくある決まり文句のやり取りの後、先生は言った。

「実は僕は漢方のほかに、観相の勉強もしているんですよ」

「人相とか手相の、あれですか？」

「まあ、そんなところですね。顔の造りや表情から、その人の内面を読み解いてゆく」

「占いですか」

「いいえ。観相学という体系的な学問です。占いというのは結局統計学なんですよ。手相も易も姓名判断も四柱推命も星占いも、全部統計です」

先生は説明を続けたが、葉子にはまるでチンプンカンプンだった。しかし、これだけの名医の言うことなので、きっと的を射ているのだろうとは思った。

「……それで、お宅のお嬢ちゃんなんだけど」

話がいきなり娘のことになったので、葉子は一言も聞き漏らすまいと謹聴した。

「若くして親元を離れて遠方へ行く相があります」

「あの、遠くの人と結婚するとかですか？」

先生は首を振った。

「それは分かりません。ただ、この土地を離れて遠方で暮らす相なんです」

「はあ」

「だから、将来、例えば留学とか転勤で日本を離れるようなことになっても、ご両親には反対せずに見守っていただきたいんです」

　留学という言葉に、葉子はいきなり頭を殴られたようなショックを受けた。それは小説やドラマの中に出てくる言葉で、自分の家族が直面する言葉ではなかったからだ。

　先生は葉子のショックには気づかず、自説を続けた。

「何故かというと、相が出ているということは、生まれながら決まっているということなんです。つまり、運命や宿命と同じです。それに逆らうと、ろくなことになりません。大きな不幸に遭遇するかもしれません」

　最後に先生は名調子で付け加えた。

「『運命は従うものを潮に乗せ、逆らうものを曳(ひ)いてゆく』……昔の名画『商船テナシチー』の宣伝文句です。僕は池波正太郎(いけなみしょうたろう)のエッセイで読んで知ったんですが、まさにこれですよ」

　葉子は家に帰ると、夫の信平(しんぺい)に漢方医の話を伝えた。

「留学⁉」

　信平も仰天してしばし言葉を失った。

「でもね、とにかく邪魔しちゃダメなんだって。運命だから、逆らうと大きな不幸に遭うって、先生が」

やがて夫婦は互いの顔を見て、あきらめたように頷き合った。

とても納得はできないが、神のごとき名医の予言だから、おそらく真実に違いない。考えてみれば神託というのはいつだって理不尽なものだ。受け容れるしかないだろう。

こうして夫婦の間には暗黙の了解が成立した。

「だから私が東京の大学を受験したいって言った時、両親はむしろホッとしたんだって。アメリカに留学したいって言い出すだろうって、覚悟してたらしい」

「じゃあ、その漢方医の先生、みどりさんの恩人ですね」

「そうなのよ」

「今でも隣町で開業してるんですか？」

みどりは首を振り、残念そうに肩をすくめた。

「それがね、間もなく……と言っても四十年も前の話だけど、お父さんの先代院長が亡くなって、二代目は医院をたたんで東京へ帰っちゃったんだって」

「なんていう先生かご存じですか？　そんな名医なら、私も診察してもらいたい。ここんとこ眠りが浅くて」

佳奈は皿に残った納豆バクダンを海苔の最後の一枚で包み、口に入れた。

「え〜と、確か舟木先生だった。ネットで検索すれば、どっかでヒットするかも」

秋穂はまたしても「ネットで検索？　ヒット？　何のこと？」と頭の中で目まぐるしく考えを巡らせたが、手は止めずにシメのりゅうきゅうの支度にとりかかっていた。

刺身は好みで何でも良いが、今日は西友で特売していた寒ブリを使った。醬油とみりんを合わせた漬け汁に、小ネギの小口切り、すり下ろし生姜、白煎り胡麻と共に刺身を十分漬ける。皿に盛ったら千切りの茗荷と大葉を散らして出来上がり。

どんぶりにご飯をよそい、熱いだし汁を添えてカウンターに置いた。こうすれば酒の肴、どんぶり、出汁茶漬けと三種の味を楽しめる。

みどりと佳奈の顔にパッと喜びが広がった。作戦成功だ。

「女将さん、お酒、もう一合ください」

「はい、ありがとうございます」

秋穂は一合徳利に黄桜を注いだ。

おそらく一期一会だろうが、良いお客さんが来てくれたと思う。よく食べよく飲み、そしてちょっぴり面白い話も聞かせてもらった。縁があったら私もその漢方の先生に診てもらいたいものだ……。

十一時が近くなり、常連さんたちもみんな引き上げた。そろそろ閉店しようかと思ったその時、入り口のガラス戸が開いてお客さんが一人入ってきた。

見たことのない顔だった。七十代くらいの男性で、きれいなグレーヘアを七三に分け、背広姿でコートとカバンを手にしていた。背筋がしゃんとして姿勢が良く、皮膚にも艶(つや)がある。

「閉店かな？」

誰もいない店内を見て、舟木拓也(たくや)は多少の気後(きおく)れを感じて尋ねたが、女将はカウンターの中で笑顔を見せた。

「どうぞ。うちはお客様のいる間は営業時間ですから」

いきなりこんな軽口を叩いたのは、舟木の人相風体(ふうてい)を見て、店の迷惑になるほど長居はしないと見て取ったからだ。

「軽く飲んで帰るよ。もう、腹いっぱいなんだ」

舟木はカウンターの真ん中より二つ左の席に腰を下ろした。どうしても壁一面に貼られた魚拓が目につく。

「海鮮のお店？」

「いいえ、亡くなった主人の趣味。元気な頃は釣ってきた魚さばいて、色々出してたんですけどね」

秋穂はおしぼりを出して飲み物を尋ねた。

「日本酒。ぬる燗で一合」

秋穂は黄桜を注いだ徳利を薬罐の湯に沈め、お通しのシジミ醤油漬を出した。

ぬる燗はだいたい四十度。湯に沈めてから二分弱で燗が付く。秋穂はキッチンタイマーをかけている。忙しいとつい忘れてしまうからだ。

「どうぞ」

最初の一杯は秋穂が酌をした。

舟木は猪口を傾けるとシジミを一粒口に入れ、意外そうな顔をした。

「これ、美味しいね」

「ありがとうございます。台湾料理屋のご主人に教えてもらったんですよ」

舟木は自分の胃と相談するように、鳩尾に手を当てた。

「女将さん、もう一品何かもらえるかな。腹に溜まらないもので」

秋穂はいくつか候補を思い浮かべた。

「梅醍醐なんて、いかがでしょう」

「なんですか、それ」

「カマンベールチーズに梅干しを混ぜたおつまみです」

醍醐とは古代のチーズを指した日本語で、料理と呼べないほど簡単なつまみだが、チーズのクリーミーな旨味に梅干しの酸味が利(き)いて、奥深い味わいだ。

舟木は思わずごくりと喉(のど)を鳴らした。

「それ、ください。お宅、白ワインあります？」

「すみません。メニューに書いてあるだけしか」

舟木は顔の前で片手を振った。

「いや、良いです。醍醐は日本酒にも合うはずだ」

秋穂は梅醍醐を器に盛りながら尋ねた。

「お客さん、新小岩は初めてですか？」

「いや、前に聖栄(せいえい)大学で講座を持っていたことがある。今日は特別講演に招かれてね。その帰りなんだ」

秋穂は一瞬聞き違いかと思った。新小岩には聖徳栄養短期大学ならあるが、聖栄大学という学校は聞いたことがない。

秋穂は知る由もなかったが、東京聖栄大学は聖徳栄養短期大学を母体として、平成十七（二〇〇五）年に開学したのだった。

「お客さんは大学の先生なんですね」

「本職は漢方医。漢方食……薬膳を教えてたんだ。いまはもう、その講座はないけど」

舟木は梅醍醐をほんの少し口に入れた。途端に顔がほころんだ。

「うん、やっぱり合う」

猪口を傾け、一口飲んで口角を上げた。

「ぬる燗、もう一合ね」

「はい、ありがとうございます」

秋穂は舟木の「漢方医」という職業に興味を掻き立てられた。

「あのう、漢方の先生って、観相とか占いなんかもなさるんですか?」

「みんなってことはないよ。僕は観相が趣味だけど。どうして?」

「先ほどお帰りになったお客さんが、不思議な話をしてくださったんです」

秋穂は若尾みどりの体験を、かいつまんで話した。すると、舟木の顔に驚愕が広がった。

「その女性、富山の人だって?」

「はい。富山の中でも田舎の方だって仰ってました」

「まさか……」

舟木は言い淀んだが、思い切って口を開いた。

「もしかして、その漢方医は僕かもしれない」

「ええっ⁉」

「その人、医者の名前言ってた？　僕は舟木って言うんだけど」

秋穂は勢い込んで何度も頷いた。

「はい、そうです！　舟木先生です！」

二人ともしばし言葉が出てこなかった。何という偶然だろう。不思議なめぐりあわせだろう。

「まいったな」

舟木は頭を振った。

「まさか僕の一言が、他人の人生にそんな大きな影響を与えることになるなんて、信じられないよ」

「でも、そのお客さんは喜んでましたよ。あの先生のおかげで自分の望む道に進めた、良い人生を選択できたって」

舟木は照れ臭いのか、わずかに身じろぎした。と、タイマーが鳴って、秋穂は徳利を薬罐から取り出し、布巾で水滴を拭った。

「先生、私の観相もしていただけませんか？　見料とお代とバーターで」

舟木はあわてて首を振った。

「とんでもない。僕は全くの素人だよ。あの女の子の相を言い当てたのは、たまたまうちに来ていた有名な占い師さんなんだ」

その女性占い師は仕事で富山に来て体調を崩し、舟木漢方院を訪れた。治療の順番はみどりの後で、待合室で一緒になった。

「すごく有名な方で、お目にかかる機会はもうないかもしれない。他に待ってる患者さんはいなかったんで、治療の後で少しお話しさせていただいたら、あの女の子の話になって……」

舟木がみどりの母に語ったのと同じ内容の話をしてくれた。

「これはぜひ、お母さんに伝えなくちゃと思ってね。尾局先生の予言だから絶対に間違いはないと思ったけど、でも、多少は気になってた。余計なことを言って、あの子の運命を悪い方へ動かしたんじゃないかと」

今度は秋穂が驚きで目を見開いた。

「今、確か、尾局先生と仰いましたね？」

「そう。尾局與先生。知ってますか？」

「知ってるも何も、私、若い頃命を助けられたんです。交通事故に巻き込まれるところを、間一髪で回避させていただきました」

秋穂は興奮を抑えきれずに胸の前で手を組んだ。

「先生、良いことをなさいましたね。尾局先生の予言なら絶対ですよ。あのお客さんは幸せになりました。本当に良かった！」

尾局與は生まれながらの神秘的な力……千里眼、予知能力、霊能力など呼び名は様々だが……を持つ占い師で、その占いはほとんど百発百中、政財界の大物を何人も顧客に持っていた。

そして秋穂の知る限り、気持ちが優しく常識があり、物欲や名誉欲に溺れることのない人だった。そのためか、人並外れた能力に恵まれながら、それが幸福と結びついていないように思われた。

舟木は小さく溜息を吐き、忸怩(じくじ)たる気持ちで思い返した。

他人の子供を幸せに出来たのに、どうして自分の子供を幸せに出来なかったのだろう、と。

「何か？」

問いかけられて、舟木は秋穂に目を向けた。知らぬ間に独り言を言ったらしい。

「いや、何でもない」

舟木は新しい徳利を傾け、一息で猪口を干した。

せっかく忘れかけていたのに、思い出すと胸に苦い思いが込み上げる。今日も聖栄大学の講演の後、顔見知りの職員たちと小料理屋で旧交を温めた。そのまま帰っても良かったのだが、名残惜しい気がして新小岩の街を歩き回り、たまたま見つけた居酒屋へ入った。思いがけずいい店で、良い話も聞けた。それなのに、気持ちは悪い方へ傾いてゆく。

「お客さん、お出汁のゼリー召し上がります?」

「え?」

「お出汁だけで、具のないゼリー。つるつるで食べやすいし、口がさっぱりしますよ」

「ああ、ください」

ぶぶあられとミントの葉を飾った、半透明のゼリーが目の前に置かれた。スプーンですくって口に入れると、昆布と鰹節(かつおぶし)の出汁の味が舌に快かった。

「息子がね、アメリカに帰化するって言うんですよ」

つるりと胸のわだかまりが口から出た。どうして見ず知らずの居酒屋の女将にこんなことを言ってしまうのか、自分でも分からないが、一度口に出してしまうと、次から次へと言葉が続いた。

「私はね、再婚なんです。息子が小学生の時、前の女房に死なれて、再婚しました。今の女房は息子に気を遣って、自分の子供を産まないようにしてくれました。それなのに、息子はそんな女房の気持ちを無視して、アメリカの大学へ入学して、向こうで就職して、向こうで結婚して、今度は帰化ですよ。息子は最初から女房が気に食わなかったようです。高校生になったらお母さんじゃなくて、あの人と呼ぶようになりましたからね」

舟木は深々と溜息を吐いた。

「いったい、僕はどこで間違ったんでしょうね」

「どこも間違ってません」

それまでにない厳然とした口調だったので、舟木は驚いて秋穂の顔を見た。

「息子さんはアメリカの大学に入学してアメリカで就職して、今度は帰化できるわけですね。つまり、優秀な人材です。優秀な息子さんで、結構なことじゃありませんか。自慢になりますよ」

舟木は呆気(あっけ)にとられたような顔をした。

「それに奥さんだってご立派じゃありませんか。義理の息子さんに気を遣って、ご自身のお子さんを産むのをあきらめるなんて、なかなかできないことです。本当に気持ちの優しい、良い奥さんと再婚なさって、お幸せなことです。あやかりたいですよ」

舟木は何か言おうと口を開いたが、うまく言葉が出てこない。諦めて口を閉じかけて、また開いた。

「しかし……」

「奥さんと息子さんの折り合いが悪いのがご不満なんですね。でも、それはしょうがないですよ。人間誰しも相性というものがあって、相性が悪いのは本人の努力ではどうにもできないんです」

「いや、その……」

「大体、奥さんが実母じゃないから息子さんと折り合いが悪いと思っていらっしゃるようですけど、亡くなった奥さんと息子さんだって、疎遠になったかもしれませんよ。大人になったらお互い考えが違って、仲が悪くなる親子、いっぱいいるじゃありませんか」

舟木は虚を突かれる思いがした。息子が妻を疎むのは、実の母親でないからとばかり思い込んでいたが、そういう考えもあったのか。

「人間関係って、ご縁で始まって相性で続くものなんです。相性が悪いと、縁あって親子に生まれても、夫婦になっても、縁が切れちゃうんですよ」

秋穂はカウンター越しに舟木の方に身を乗り出した。

「敬遠っていう言葉がありますね。敬して遠ざける。相性の悪い人間関係に一番良い状態が敬遠です。そばにいると喧嘩になるけど、遠くにいればお互い気にならないでしょう。離れて暮らすうちに、程よい距離感がつかめますよ。絶縁しないとだめか、年賀状ならOKか、電話くらいは大丈夫か、正月だけなら顔を合わせても大丈夫か……だんだん分かってくるもんです」

秋穂は舟木に微笑みかけた。

「それに、息子さんはまだお若いんでしょう？」

「三十六です」

「それなら自分と自分の家族で頭がいっぱいで、親のことなんか眼中にありませんよ。でも、これからだんだん年を取ってくると、親のことを考えるようになります。その時初めて、生さぬ仲のお母さんの自己犠牲を、真剣に考えるようになるんじゃないでしょうか」

「そう思いますか？」

舟木はすがるような眼で秋穂を見上げた。

「思います」

秋穂はこれ以上ないほどきっぱりと言い切った。

「舟木さんと奥さんが育てた息子さんじゃありませんか。大丈夫ですよ」

舟木は急に肩が軽くなった。重い荷物を下ろしたような気がした。

「帰ったら、奥さんに今の話をして差し上げてください。きっと気が楽になるはずです」

舟木はまたもやハッとした。そうだ、妻はどれほど心を痛めただろう。息子と、息子にこだわる夫の態度に。

「女将さん、ありがとう。必ず話します」

舟木は深々と頭を下げた。

そして勘定を支払うと、小走りに店を出た。一刻も早く、このことを妻に知らせたかった。

ルミエール商店街の真ん中で右の路地に入り、最初の角を左へ曲がる。その路地の中ほどにあるはずの、目指す店が見つからない。

向かって左に「とり松」という焼き鳥屋、右には「優子」という昭和レトロなスナック。その二軒に挟まれて「米屋」というしょぼくれた居酒屋があったはずが、現実にはシャッターの下りた「さくら整骨院」しかない。何故なんだ？

舟木は迷った末、とり松の引き戸を開けた。

「すみません」

店内は四人掛けのテーブル席二卓とカウンター七席。四人の客が背を見せて座っている。いずれも老人らしいシルエットだ。

カウンターの中では七十代と見える主人が団扇を使って焼き鳥を焼き、同年輩の女将がチューハイを作っていた。

「いらっしゃい」

女将が舟木に挨拶した。

「あのう、米屋という居酒屋、ご存じありませんか？　この近くにあるはずなんですが、見つからなくて」

四人の客が一斉に振り返り、主人夫婦と一緒に舟木を凝視した。

「米屋ですか？」

頭のきれいに禿げ上がった悉皆屋の息子、八十代の沓掛直太朗が訊いた。

「はい。米屋です」

見事な顎髭を蓄えた古本屋の主人、直太朗より三歳年下の谷岡資が、困ったな、という風に頭を振った。

それを受けて髪の毛を薄紫色に染めた美容院リズの主人、井筒小巻が言った。

「米屋はもうありませんよ。三十年以上前に閉店したんです」

「そんな、バカな！」

舟木は憤然として言い返した。

「僕は昨日、米屋に行ったんです。つまみを食べて酒を飲んで、女将さんと話もしました。本当ですよ。嘘なんかついたって、しょうがないでしょう」

釣り師が着るポケットのたくさんついたベストを着た、釣具屋の主人水ノ江太蔵が、噛んで含めるように言った。

「米屋はもうないんです。女将さんが急死して閉店したんですよ。我々は通夜も葬式も出ましたから、間違いありません」

「秋ちゃん……女将さんは跡取りがいなかったんで、店はそのまま人手に渡って、今の整骨院で五代目くらいですよ」

直太朗が説明を補足した。

「それじゃ、あれは……」

舟木は頭から氷水を浴びせられたように、一瞬で背筋が凍った。

その様子を見て、小巻が尋ねた。

「米屋でどんな話をなさったんです？」

「それは、色々と。息子のこととか……」

言いかけて言葉を飲み込んだ。

そうだ。息子のことを相談したら、長年の悩みが吹っ切れたのだ。妻も同じ想いだったらしい。すっかり顔つきが明るくなった。

「女将さんに助けていただきました。長年頭を悩ましていたのが、嘘のようにすっきりして。だから、どうしても一言、お礼が言いたくて」

四人の老人たちは、一斉に頷いた。

「秋ちゃんは優しく面倒見の良い人だったから、あの世に行っても、困ってる人を見ると放っておけないんだろうね」

「もともと学校の先生だしさ。教えるのが好きなんだよ」

「それにしても、俺たちがいる時にも出てくりゃいいのに」

「まったくだ。たまには会いてえよ」

「あたしは遠慮する。こっちはこんなに婆さんになっちまったのに、向こうはまだ五十ちょいでしょ」

四人は小さく笑い声を立てた。

それを聞くと、舟木の心から恐怖は跡形もなく消えた。あの毅然とした忠告が耳によみがえってきた。すると、感謝の念が湧いてきた。

「皆さん、お騒がせしました」

舟木は深々と頭を下げた。

「生きてようが死んでようが、関係ありません。私は米屋の女将さんに救われました。女将さんは恩人です」

四人の老人は目を潤ませた。最年長の直太朗が、四人の気持ちを代弁して言った。

「よく言ってくだすった。それを聞いたら、秋ちゃんもあの世で喜んでますよ」

「私は一生、女将さんのご恩を忘れません。ありがとうございました」

舟木はもう一度頭を下げると、店を出て行った。

路地の途中で立ち止まり、夜空を見上げると、見慣れた新小岩の夜の景色が妙に美しく目に映った。

第三話

煮しめた羽織

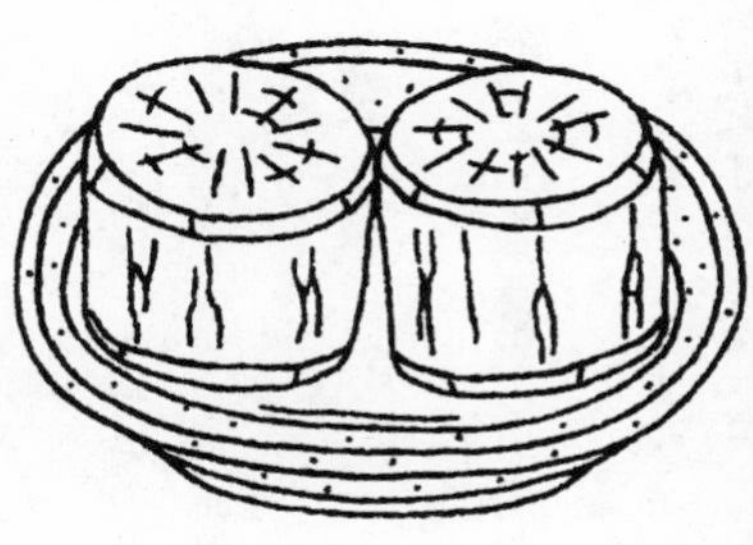

遠くで除夜の鐘が聞こえる……。

そんなバカな。今はもう二月じゃない。

口の中で呟いたのがきっかけで、秋穂はふと目を覚ました。炬燵に入ってのんびりしていたのが、いつの間にかうたた寝をしていたようだ。口の端から涎が一筋垂れている。

いやだ、もう。

あわてて手の甲で拭い、壁の時計に目を遣った。もう四時を過ぎている。そろそろ開店準備を始めなくては。

秋穂は炬燵から出て、仏壇の前に正座した。仏壇に飾った正美の遺影は、変わらぬ笑みを浮かべている。

釣りに行った時撮った写真だ。きっと大物を釣り上げて、楽しくて仕方なかったのだろう。嬉しさが伝わってくる。この写真を見るたびに、秋穂は遺影に選んでよかったと思う。

いつものように蠟燭に火を灯し、線香を供えて手を合わせた。

「それじゃ、行ってきます」

秋穂は店に通じる階段を下りた。住居兼店舗は通勤時間ゼロ。究極の職住接近だ。

ＪＲ総武線の新小岩駅の南口のアイコンは、四百二十メートル続くアーケード商店街、新小岩ルミエール商店街だろう。飲食店、コンビニ、ドラッグストア、ファッション雑貨店と、生活に必要な店はほとんど揃っている。量販店に用がある時、新小岩の住人の多くは錦糸町へ行く。

なによりシャッター通りと化す商店街の多いこのご時世に、百四十店舗あまりの商店がほぼ全店営業しているのが自慢だ。店の入れ替わるサイクルは早いが、空き店舗が出るとすぐに次のテナントが入り、シャッターを閉めている時間はとても短い。

米屋はそのルミエール商店街の真ん中辺で右の路地に入り、最初の角を左に曲がった路地裏にある。何の変哲もない居酒屋で、インパクトはまるでない。軒に吊るした赤提灯も、いかにも出来合い然としていて、愛嬌に欠ける。素人上がりの女将が一人で切りまわす店だから、特別な料理は期待できない。

それでも米屋を気に入って通ってくれる常連さんがいて、店は何とか持っている。

「お客様は神様です」とは、きっとこんなことを言うのだろう。

「いらっしゃい」

その日、一番に米屋にやってきたのは、悉皆屋の主人、沓掛音二郎だった。

「毎日寒いわねえ」

秋穂はおしぼりを渡しながら言った。

「ああ。だが、冬はやっぱ、寒くねえとシャンとしねえよ。この頃は氷も張らねえし、朝、水道の蛇口が凍るってこともねえ。霜も降りねえな。もっとも、道が全部アスファルトじゃ、霜の出番もありゃしねえが」

饒舌なのは機嫌の良いしるしだ。

「そう言えば、昔の冬は寒かったわねえ。うちも朝になると、水道の蛇口にお湯かけたもんよ」

秋穂はホッピーの準備をしながら答えた。氷をジョッキに入れると、耳が千切れるほど空気の冷えた昔の冬が思い出された。

「あの頃はエアコンなんてなかったものねえ。暖房と言えば炬燵とストーブで」

「やっぱり秋ちゃんは若えな。俺が子供の頃なんざ、火鉢よ」

「うちも火鉢があったわよ。暖房というより、お餅やスルメ焼くのに使ってたけど」

秋穂はシジミの醤油漬を器に盛ってカウンターに置いた。

「懐かしいなあ。餅とスルメは火鉢に限る」

音二郎はホッピーをひと口呑んで、ほっと息を吐いた。

「おじさん、冬は白い野菜が美味しくなるのよ。ちょっと変わったの作ったけど、食べてみる？」

「ああ、もらう」

秋穂は冷蔵庫から保存容器を取り出した。

中に入っているのは大根の花椒風味。大根を花椒を入れた出汁でさっと煮ただけの料理だが、晩酌の恋人と称されるほど酒に合う。冷蔵庫で一晩置き、作った翌日から四日が食べごろだ。

花椒の風味もさることながら、生の《シャキッ》と、火を通した《クタッ》の間の、不思議な食感が癖になる。何より作り置きできるのが、ワンオペ居酒屋には嬉しい。

「これはいけるな」

音二郎が大根に舌鼓を打っている間に、秋穂はもう一品の料理にとりかかった。カブと塩昆布とイクラの和え物だ。

半月形に切ったカブを、昆布を入れた塩水に一時間ほど漬けて絞り、塩昆布とイクラを加えて和えるだけ。水気を絞ったカブを冷蔵庫に入れておけば、お客さんの顔を見てからさっと出せるスピード料理だ。手間要らずにもかかわらず、一見手の込んだ料亭風の和え物に見えるのが嬉しい。

「どうぞ」

九谷焼《風》の小皿に盛って出すと、案の定、音二郎は目を丸くした。

「こいつはまた、ずいぶんとしゃれてるな」

「食べてみてよ。料亭の味だから」

音二郎は一箸つまんで、大きく頷いた。

「うん。高級だ」

「良かった」

カブも塩昆布もイクラも、全部西友で買った特売品なのだ。それが高級料理に化けるのだから、こんな嬉しいことはない。

「ところで、おじさんも何かいいことあったんでしょ」

「まあな」

音二郎はジョッキに残ったホッピーを飲み干すと、中身のお代わりを注文した。

「黒紋付の羽織だったんだが……」

音二郎はカブと塩昆布とイクラの和え物を口に運び、頭の中でじっくり話を組み立てなおした。

「持ってきたのは若え噺家でな。いや、まだ修業中だからその卵だな。師匠にもらった黒紋付の羽織をカビさせちまったんだよ」

「あら、大変」

「あの世界も職人と同じ、徒弟制度だからな」

音二郎は大きく頷いた。

「二ツ目になった祝いにもらった羽織だそうだ。なんでも、前座から二ツ目に上がると、羽織を着ることが許されるそうだ。しかし何しろ駆け出しで金がねえ。住む所は安アパート。押し入れの奥にしまっといたら、雨漏りがして、気が付いたら大事な羽織が一面カビだらけってわけよ」

「それは気の毒にねえ」

「ちげえねえ。したが、俺も長年悉皆屋をやって、カビさせた着物はずいぶん見たが、あんなひでえのは初めてだ。白カビどころか、黄色を通り越して黒まで行ってたな。生地が固くなっちまってよ」

着物のカビは、白カビから始まり、時間が経つごとに黄色、黒へと変色してゆく。黒カビは生地の内部にまで浸透しているので、生地の質感を変えてしまうこともある。

「あそこまでひどいことになると、もうほどいて洗い張りして、染め替えするっきゃねえ。紋までやられちまってな」

「大仕事ね」

「ああ。ところが、相手は吹けば飛ぶよな若造でな。金なんかまるでねえ。師匠に破門されるって半べそかく始末だ」

洗い張りして染め替え、紋替えとなったら、軽く十万円は超えるだろう。落語家の卵に払えるとは思えない。秋穂はその若者が気の毒になった。

「それで、どうしたの？」

「どうもこうもねえ。あんなもの見せられちゃ、俺も寝覚めが悪い。出世払いにしてやったよ」

「おじさん、えらい！　さすが名人悉皆屋音二郎だわ」

音二郎は得意げに鼻をうごめかせた。

「それに持ってきた羽織も、もとは上物だったらしい。あんな姿になったのをほっとくのは忍びねえ」

音二郎は若者から羽織を預かることにした。

「おじさんなら、そこから先はうまくやったんでしょ」

「まあな。一度洗い張りしときゃ、余計な糊や脂も落ちるから、カビが生えにくくなる。羽織の寿命も延びるってもんよ」

羽織は上物の絹羽二重で、藍下黒で染め直すと、見違えるように美しい姿に甦った。

「ところが、紋がなあ」

「どうしたの？」

「消せねえんだ。どうやら上物だけに、家紋を別注染めにしたんだな。手を懸けたのが仇になった」

「それで、どうしたの？」

「仕方ねえから切り付け紋にした」

「切り付け紋って？」

「別の布に家紋を描いて、切り抜く。そんでもってそれを、元の家紋の場所に貼り付けるわけだ」

「アップリケみたいね」

「まあ、そんなもんだ。極細の糸で縫い付けて、後で糸にも色を塗るから、近くで見れば貼り付けと分かるが、ちょいと離れりゃ絶対に分からねえ」

秋穂は思わず溜息（ためいき）を吐（つ）いた。

「悉皆屋さんには、色々な技術があるのねえ」

「まあな」

音二郎はますます得意げな顔になった。

しかし、秋穂は少し気の毒に思った。名人と呼ばれる高い技術を持ちながら、近頃は着物離れが進んで、活躍の場がどんどん狭まってきている。十年ほど前まで、悉皆の仕事はもっとふんだんにあったのに。

秋穂は音二郎の気持ちを引き立てようと、明るい声で言った。

「その若い方、喜んだでしょう」

「ああ。今度高座（こうざ）を見に来てくださいって、上野鈴本（うえのすずもと）の切符をくれた。あそこは松坂屋（まつざかや）も近いし、買い物がてら行ってみる」

「なんていう落語家さん？」

「それが笑っちまう。三笑亭家紋（さんしょうていかもん）だと」

その夜も米屋にはいつものご常連が顔を出し、酒とつまみで緩（ゆる）い時間を過ごした。そして時計の針が十時を回る頃には、一人、また一人と腰を上げ、みな引き上げて、お客さんは誰もいなくなった。

早仕舞いしようかな……。

頭の隅でチラリと思ったが、まだ十一時までだいぶ間がある。お客さんがいれば深夜二時まで開けている日もあるので、今の時間で閉めるのはちょっともったいない気がする。

そんなことを思っていると、入り口のガラス戸がガタピシと音を立てて開き、お客さんが入ってきた。

「いらっしゃいま……」

挨拶（あいさつ）しかけて思わず語尾を飲み込んだ。そのお客がちょっと変わった風体（ふうてい）をしていたのだ。もちろん、初めて見る顔だった。

年齢は五十代後半くらい。服装は黒ずくめで、コート替わりなのか、スーツの上に黒い羽織を羽織っている。そして頭にはなぜか野球帽。羽織は五つ紋で生地にぬめりとした光沢があり、素人目で見ても上等な品だった。だからこそ、そのちぐはぐな服装がいっそう奇異に感じられた。

お客は正面の椅子（いす）に腰を下ろすと、秋穂の顔を見た。

「お店、何時まで？」

愛嬌のあるタレ目の丸顔から、ビロードのように滑らかな中低音が発せられたので、秋穂は二度びっくりした。

「あ、はい。だいたい十二時なんですけど、いつもお客様のいる間は営業してます」

「そりゃ親切な店だ」

浜久利生はそっと羽織を脱ぎ、丁寧にたたんで隣の椅子に置いた。

「ホッピーください」

浜はおしぼりで手を拭きながら、店内を見回した。いやでも壁一面に貼られた魚拓が目につく。

浜の視線を追って、秋穂は先回りした。

「あのう、魚拓は死んだ主人の趣味だったんです。うち、海鮮料理はやってないので、悪しからず」

浜は軽く首を振り、ジョッキにホッピーを注いだ。

「いや、刺身ならさっき食ったばかりだから、もう結構」

元より、浜にはこの店で刺身を食べるつもりなど全然なかった。昔、ご贔屓に連れて行かれた怪しげな寿司屋でアワビの肝を勧められ、仕方なく食べたものの食中毒寸前になって往生した経験から、見知らぬ店では生物を食べないようにしているのだ。

しかし、お通しに出されたシジミの醤油漬を一粒つまむと、その美味しさに意外な気がした。

「お店、いつからやってるの？」

「今年で二十年になります。最初は主人と二人で始めたんですよ。その頃は主人が釣った魚を店で出してたんですけどね。十年前に亡くなってからは、この通り」

秋穂は苦笑を浮かべて肩をすくめた。正美のいた頃に比べれば、料理は明らかに貧弱になった。

「でも、このシジミ、なかなか美味いよ」

「ありがとうございます。台湾料理屋のご主人に教えてもらったんです」

「ほのかに梅干しが利いてるね。こういうのは初めて食べた」

シジミを全部食べてしまうと、妙に小腹が空いてきた。宴会は上品ぶった会席のコースで、おまけにあちこちに気を遣って酌をして回ったので、あんまり食べた気がしない。

「女将さん、お勧めは何？」

「煮込みです。モツはよく下茹でしてありますから、柔らかくて臭みは全然ありません」

「居酒屋は何といっても煮込みだよね。それ、ください」

小鉢に煮込みをよそい、刻みネギを散らして出した。二十年間注ぎ足した秘伝の煮汁は、牛モツの旨味を吸い込んでいる。丁寧にアクを取っているから、旨味は濃いが雑味はない。自慢の味だ。

「こりゃ美味いわ」

一口食べて驚いた。モツは新鮮さと下処理が命だが、どちらもちゃんとクリアしている。見た目で「こんな店」と見くびったことを、浜は素直に反省した。

「中身、お代わり」

焼酎の追加を注文して、せっかくだからもう二、三品食べてみようという気になった。腹に余裕があったら、シメを頼んでもいい。

「女将さん、あと二、三品くれない？　何か、軽いもの」

「ええと、大根の花椒風味、カブと塩昆布とイクラの和え物、それと梅醍醐なんていかがでしょう」

秋穂が料理の内容を説明すると、浜はごくんと喉を鳴らした。

「それ、ください」

秋穂はさっそく大根の花椒風味を出した。

浜は一箸つまんで口に入れ、半生の大根の食感と鼻に抜ける花椒の風味を味わった。

「これは、酒が欲しくなる味だね」

カウンターに置かれた酒のメニューに手を伸ばした。黄桜の一合と二合しかないが、その潔さがかえってこの店にはふさわしいような気がした。

「まずは一合、ぬる燗で」

「はい、お待ちください」

秋穂は黄桜の一合徳利を薬罐の湯に沈め、キッチンタイマーをかけた。次に、梅醍醐を小皿に盛って出す。

浜は箸の先でほんの少し梅醍醐をすくって舐めた。

「うん、思った通りの味。これもやっぱり日本酒だな」

燗の付いた酒の徳利を手に取り、秋穂は最初の一杯を浜の猪口に酌した。

浜は酒とつまみを交互に口に運んでは、満足そうに眼を細めた。

その間に秋穂は水気を絞ったカブと塩昆布、イクラを手早く和え、器に盛った。

「これはどうも、高級だねえ」

浜はわずかに目を見開いた。こんな場末の居酒屋で、どこかの料亭で出てきてもおかしくない料理にお目にかかれるとは思わなかった。

「新小岩は深いねえ」

浜は小さく溜息を漏らし、椅子の上の羽織に目を遣った。

「昔、この近所に悉皆屋があってね。そこの親方はまあ、名人だったね」

秋穂は驚いて浜の顔を見直した。

「お客さん、『たかさご』をご存じなんですか?」

「ああ、確かそんな名前だった。頭の禿げ上がった、頑固一徹な職人さんだった。でも、心から着物を愛する、思いやりの深い人だったな」

浜はいとおしげに羽織を撫でた。

「この羽織、雨漏りにやられてカビだらけ、染みだらけになったんだが、親方が見事に甦らせてくれた。どういう技を使ったのか知らないが、元より上等になったくらいさ」

懐かしそうな目になって、浜は言葉を続けた。

「あの頃俺は素寒貧で、とてもじゃないが大金をかけて悉皆を頼める身分じゃなかった。だが、あの親方は羽織をじっくり眺めて『これだけの品をダメにするのは忍びない。金は出世払いで良い。十年ローンで払いな』と言ってくれた」

秋穂は頭の中で音二郎の話を思い返した。状況は似ているが、どうやら別人らしい。音二郎が羽織を修繕し終えたのはつい昨日のことなのだ。

「品物を受け取りに行った時、親方には諄々と説教されたよ。着物は簞笥にしまいっぱなしじゃだめだ、手入れをしろって」

一度着た着物は、陰干しして湿気を取り、乾いたタオルで汚れを拭き取ってからしまう。月に一度は簞笥の引き出しを開けて、空気を入れ替える。三年に一度は簞笥から出して虫干しする。

「親方の言いつけを守ったんで、その後、着物のトラブルは一度もなかった。この羽織も受け取った時のまま、色も艶も風合いも変わっていない。本当に、あの親方にはお礼の言葉もないよ」

「それを聞いたら『たかさご』のおじさん、大喜びしますよ」

秋穂の言葉に、浜は怪訝そうに眉を寄せた。

それは多分、無理だ。あれから三十年くらいになる。あの頃だっていい年だったんだから、もうとっくにお迎えが来ているはずだ。

そこまで考えて、浜は思い直した。

いや、待て。今のご時世、ご長寿人口は増えている。確か百歳越えたお年寄りは八万人以上いるとか聞いた。そんなら、あの親方もどこかの施設で存命かもしれない。

「女将さん、たかさごのご主人に会うことがあったら、伝えといてよ。親方の仕事は超一流だ、まぎれもない匠の技だって」

「はい、必ず」

秋穂は笑顔で頷いた。そして次の瞬間、ハッとした。浜の目がみるみる潤んできたのだ。

「どうかなさったんですか？」

だが、浜は無言で首を振り、片手で口元を抑えて俯いた。その肩が小さく震えるのを、秋穂は黙って見守るしかなかった。

一分ほどして、浜はやっと顔を上げた。

「いや、すみません。突然に」

「どうぞ」

秋穂は新しいおしぼりを差し出した。

「三十年ぶりでこの羽織を着たら、ついあの頃のことを思い出してしまって」

浜はおしぼりで両目を拭い、洟をかんだ。

「ぬる燗、もう一本。良かったら女将さんも飲んでください」

「ありがとうございます。いただきます」

秋穂は二合徳利を薬罐の湯に沈め、新しい猪口を一つ出した。

「私は浜久利生って漫談家です。ご存じですか？」

「すみません」

秋穂は小さく首を振って頭を下げたが、浜は屈託のない口調で答えた。

「良いんですよ。舞台中心で、ほとんどテレビにも出てないし」

燗が付いたので秋穂は徳利を引き上げ、浜の前に置いた。浜は「ま、一つどうぞ」と秋穂の猪口に酌をしてくれた。

「ありがとうございます」

秋穂は猪口を干した。温かい酒が胃の腑に染み、初対面の相手の内面を覗き見してしまった気まずさを溶かしてくれた。

「今は漫談ですが、元は噺家の修業をしてました。師匠の家は平井にあって……」

「もしかして、橘家圓蔵師匠ですか？」

八代目橘家圓蔵は、前身の五代目月の家円鏡時代に大人気を博した落語家で、当時はテレビに引っ張りだこだった。本所生まれ平井育ちで、晩年までずっと平井に住んでいたので「平井の師匠」と呼ばれた。没後、自宅は江戸川区が買い上げて「ひらい圓蔵亭」として一般公開し、落語会を中心に各種イベントや教室を開催している。

「いや、いや、うちの師匠はあれほど大物じゃない」

浜は顔の前でパタパタと片手を振った。

「三笑亭家橋……知らないよね」

「すみません」

秋穂はまたしても小さく頭を下げた。

「しょうがないよ。師匠は『笑点』にも出てなかったし。落語に興味ない人が知ってる落語家って、笑点に出てる人だけだよね」

確かにその通りだった。秋穂の場合はあまり笑点を見ないので、レギュラーメンバーといえども、名前が分からなかったりする。

「お客さんは落語がお好きだったんですね」

「親父が志ん朝の大ファンでね。子供の頃から寄席に連れて行かれて、聞いてるうちにだんだん好きになった。高校三年になって将来を考えた時、落語家しかないような気がしてね」

それほど偏差値の高い学校ではなかった上に、浜は成績も中の下だった。優良企業にはとても入れそうにない。体力に自信がないので自衛隊も諦めた。

「残ったのが落語家という、お粗末な話さ」

落語の世界にまったくコネがないので、直接落語家に会って入門を訴えるしかないと思った。三笑亭家橋を師匠に選んだ理由は……。

「やはりその方の噺がお好きだったからでしょう？」

「それもある。でも、もっと大切な理由は、それほど人気者じゃなかったからさ」

「あら」

秋穂の戸惑った顔を見て、浜は苦笑を浮かべた。

「だって笑点のレギュラーやってるような噺家は、人気者だから弟子入り志願も多い。大学の落研出身者だっているはずで、私はとても競争に勝ち抜く自信がなかった。だから安全パイを選んだ」

「言われてみれば、賢明な選択ですね」

「出来の悪い高校生にしては、名案だったよ」

浜はそれから三笑亭家橋の出演する寄席の楽屋口に通い詰めた。宝塚ならぬ入り待ち出待ちである。そして家橋に「師匠の噺が好きなんです。どうか、弟子にしてください」と頼み続けた。

「もちろん、最初は断られた。でも、最後には師匠もとうとう根負けして、弟子入りを許してくれた」

「良かったですねえ」

「ところが、良くなかったんだなあ、これが」

「あら」

「何しろ徒弟制度だからねえ。今はそんなこともないんだろうが、四十年前はもう、弟子と言ったら完全に下僕ですよ」

そんなことを言いながら、浜の口調はどこか楽しそうだった。

「落語家には前座見習い、前座、二ツ目、真打って、四つの階級がある。最初は前座見習いから始まるんだが、この時点ではまだ所属する『協会』に登録されていないので、楽屋には入れない。専ら師匠の家に通って、雑用と前座修業に明け暮れる」

朝、師匠の家に行くと、まず最初に浜を待っていた用事は、師匠の飼っていたゴールデンレトリーバーの散歩だった。

「それが熊みたいにデカいんだよ。ベルって名前だったけど、ベアの間違いじゃないかって。朝晩二回、そいつを散歩させて、ウンコさせるのが仕事。散歩しながらでないと、ウンコしないんだよ。もう婆さんだったから、催すまで時間かかってねえ。何か所かウンコポイントがあるんだけど、そこ全部回ると軽く二時間超えちまう。こっちは早く帰りたいから、お尻揉んだり、もう必死だったよ」

秋穂は《熊みたいにデカい》ゴールデンレトリーバーに翻弄される少年のドタバタを

想像すると、気の毒な反面おかしかった。

「帰ったら掃除、洗濯。時間が来たら師匠の荷物を持って仕事先までお供する。帰ってきたらまた犬の散歩で、やっと一日が終わる」

そしてその合間に「前座」になるための修業をしなくてはならない。落語の稽古はもちろん、着物の着方とたたみ方、太鼓の叩き方も覚えなくてはならない。何故太鼓かと言えば、開演前の一番太鼓、開演中の出囃子や地囃子、踊りの伴奏の太鼓、終演後の追い出し太鼓などを叩くのも前座の仕事だからだ。

「たいへんですねえ」

秋穂は思わず溜息を吐いた。

「それ、どのくらいなさったんですか？」

「一年くらいかな。それから師匠の許可が出て、見習いが取れて前座になった」

「良かったですね」

「とんでもない。それからが地獄の二丁目だよ」

「あら」

「前座になると、前座見習いの仕事の上に、前座の仕事が追加になる。つまり、師匠の家の雑用の他に、楽屋の用事も全部やらされるわけさ」

「まあ」

前座というのは「寄席で一番前に高座に上がる」という意味だ。

「朝、師匠の家に行って雑用を済ませ、食事してから寄席に行って、楽屋の準備をする。掃除してお湯を沸かして、メクリを揃える」

メクリとはその日の出演者の名前を書いた紙の札のことで、出演順に一枚ずつめくってゆく。

「それから着物に着替える。これを開演三十分前までに終わらせないといけない」

秋穂は聞いているだけで目が回りそうになった。

「それ、全部一人でやるんですか？」

「まあ、他の師匠の前座さんもいるから、手分けして出来ることもあるけどね」

開演三十分前に「一番太鼓」を打つ。これに合わせてお客さんたちが入場し、その後先輩の芸人さんたちが楽屋入りしてくる。

「そのお世話も前座の仕事さ。お茶を出したり肩を揉んだり着替えを手伝ったり」

開演五分前には「もうすぐ開演ですよ」と知らせる二番太鼓を打つ。

「それから、前座が高座に上がる。だいたい十分くらいだけど、初めてお客さんの前で噺をやった時は、緊張して、何をしゃべっているのかも分からなかった。後で師匠に大目玉くらったよ」

噺が終わると、前座には次の仕事が待っている。開演中の主な仕事は「高座返し」で、前の出演者の羽織や湯呑みなどを片付け、座布団を裏返し、メクリをめくって次の出演者名を出す、この一連の仕事である。

「これだって、やってみると結構むつかしいんだよ。お客さんの目につかないように、黒子(くろこ)に徹する必要がある。座布団だってただ裏返しゃ良いってもんじゃない。埃(ほこり)が立たないように、前後じゃなくてこうやって左右で返すんだ」

浜は両腕をクロスさせ、座布団を裏返す動作をやって見せた。

「湯呑みだって師匠によって、前目、後ろ目と、置く場所の好みがある。それも全部覚えないといけない」

その他「ネタ帳」を付けたりもする。その日の高座で誰がどの演目をやったかを記録した帳面で、記録をさかのぼれば過去の演目も分かる。演者はこれを参考にして、他の人とネタがかぶらない演目を選んだりする。

「トリの師匠が高座に上がると、楽屋の後片付けをして、噺が終わったら追い出し太鼓を入れる。ここまでが楽屋の仕事」

前座は毎日寄席に通うので、休日は余一(よいち)（大の月の三十一日）のみだ。

「過酷ですねえ。私、とても耐えられない」

「だけど、空いてる時間にほかの師匠から稽古をつけてもらうこともあるし、師匠のお供でご贔屓さんにご馳走してもらうこともある。私は一度、志ん朝師匠に噺を教わったことがあるんだ」

「あら、それはすごいですね」

「もう、一生の思い出だよ」

浜は懐かしそうに目を瞬いた。

古今亭志ん朝は《あの》志ん生の息子だが、芸風は八代目桂文楽に学んだという。文楽をして「圓朝の名を継げるのはあの人だけ」と言わしめ、落語家を褒めない立川談志が「金を払って聞く価値があるのは志ん朝だけ」と評した、落語界不世出の大名人と言ってよい。

「四年間、前座の修業をして二ツ目に昇進した。二ツ目になると、前座の仕事からは解放されるんだ。師匠の家の雑用もしなくてよくなる」

「犬の散歩も免除になったんですね」

「うん。もっとも、ベルは前の年に老衰で死んじゃったけど」

浜は再び羽織に目を遣った。

「この羽織は、師匠が二ツ目の昇進祝いにくれたんだ。落語家を廃業する時、他のもんは全部処分したんだが、この羽織だけは捨てられなくてねえ」

二ツ目とは「寄席で二番目に高座に上がる」ことからそう呼ばれるようになったらしい。

前座時代は着流しだったのが、羽織袴を着けられるようになる。見た目は一人前の噺家だが、ここからが勝負なのだ。

「前座のときは毎日寄席に通っていたから、自動的に高座に上がることが出来たけど、二ツ目になったら自分で仕事を取ってこないとダメなんだ。噺の技術を上げて演目も増やさないと、仕事にありつけない。ここで気を抜くと、同輩と差が開いてしまう」

「芸人さんは、究極の自営業ですものね」

「そうそう。急に時間ができるので、だらけてしまう奴も多いんだ」

あの頃を思い出すと、浜は暗い気持ちになる。

浜が二ツ目に昇進した一九九〇年、一九八〇年代の漫才ブームをきっかけに好況を保つ漫才界とは対照的に、落語界は低迷を続けていた。一部のビッグネーム以外は寄席に客が入らず、高座以外の仕事も減る一方だった。高座以外の仕事とは、テレビ出演などを筆頭に、宴会や結婚式の司会、ゲスト出演などだが、真打でも仕事が来ないときに、二ツ目に仕事が来るはずもない。

「三畳一間で共同便所の安アパートや、毎日おかずがモヤシ炒めなのは辛かったけど、まだ我慢できた。しかし、将来の展望が全く開けないのは、どうにもね。気持ちがくじけてしまう」

秋穂も芸人やミュージシャン、俳優たちの下積み貧乏生活談義は、いくつか知っている。

「アルバイトの掛け持ちなんかしたんでしょう」

ところが、浜は首を振った。

「えっ、バイトしなかったんですか？」

「うん。色物に転向してからはやったけど、噺家の修業している間は、バイトしなくても何とか食えた」

「どうしてですか？　お笑い芸人さんはみんな、下積みの頃はバイトしてますよ」

「そこが落語界の不思議なとこだな。離れてみてやっと分かったよ」

秋穂には落語界の経済の仕組みが、まるで不可解だった。

「今にして思うと、落語界には相互扶助の精神があったんだと思う。それと、何と言うか、相場感覚を大事にしてたんだな」

「どういうことですか？」

「簡単に言うと、落語界は個人のランクと人気によって、ギャラの相場が決まってる。例えば真打が十万、二ツ目が五万、前座が一万としようか。真打の師匠が懇意にしてる人に頼まれて、特別六万で噺をやってくれないかと頼まれたとする。事情によっては引き受ける場合もあるだろうけど、たいていはお断りする。そして、自分の後輩や弟子の二ツ目に、その依頼を譲る」

そうすれば普段よりギャラの良い仕事を紹介してもらえて、二ツ目は大助かりだ。

「二ツ目も、相場以下の仕事の依頼が来たら、後輩の前座に譲ってやる。前座にしたら相場以上のギャラをもらえるので、大いに助かる。こうやってみんなで助け合うことによって、何とか落語界全体は細々とでも続いてきたんじゃないかな」

秋穂は思わず溜息を漏らした。

「知りませんでした。何というか、家族的な世界ですね」

「その代わり、飛びぬけた金持ちは生まれないけどね」

浜は猪口に残った酒を干した。ぬる燗はすっかり冷めていた。

「ただ、今はもう時代が変わった。食えなくてバイトする二ツ目もいると思うよ」

「二ツ目はどのくらい続けられたんですか？」

「七年」

「あのう、落語の世界では何年くらいで真打に昇進できるんですか？」

「人にもよるけど、平均で十年かな」

「あら、それじゃもったいないですね。あと三年で真打になれたのに」

浜は苦い水を飲み込んだような顔をした。

「耐えられなかったんだよ。私より二年遅れて入門した後輩が、真打に昇進してしまったんだ」

明るい展望のない未来と貧乏生活で疲弊していた心が、そのことがきっかけで折れてしまった。

「そう、あれはきっかけに過ぎなかった。あの事がなくても、いずれ私は噺家を辞めていただろうね。正直、毎日が我慢大会になっていたから」

後輩は三笑亭家壇という名で、浜より四歳年上だった。明治大学の落語研究会出身で、よく勉強する、笑いのセンスのある若者だった。

「家壇が私より先に真打になったのは、当然だった。向こうの方が上手かったし、私が落ち込んで腐っている間に、必死に精進していたんだから」

浜はそう言って冷えた酒を猪口に注いだ。

「しかし、頭では分かっていても、感情は納得できなかった。弟弟子に先を越された悔しさは、私の中のたった一つのプライドを粉々に打ち砕いた。何のコネもないのに、師匠に弟子に取り立ててもらって二ツ目まで来たという、ちっぽけなプライドだけどね」

そして、おそらく《大学出》に負けたというのも屈辱だったのだろう。芸の世界は実力次第。学歴は関係ないからこそ、浜は落語家を目指したのだから。

「それから師匠の下を離れて、食っていけないのでコンビニでバイトを始めた。そうしたらバイト仲間がお笑い芸人志望で、一緒に漫才をやろうと誘われた」

バイトの合間に二人でネタを作り、練習に励んだ。

「運が良かったんだな。大手プロダクションのオーディションに受かって、事務所に採用された。二年で徐々に名前も売れ始めて、さてこれからって時に、相棒が交通事故でね……」

浜はその先は言わなかったが、おそらく亡くなったのだろう。

「私は他の奴と組む気がしなくて、一人でお笑いを続けることにした。今日まで何とかやってこれたんだから、まあ、選択は間違っていなかったんだろう」

浜は秋穂の猪口にも酒を注いだ。

「女将さん、シメに何がある？」

「ええと、今日はりゅうきゅうと混ぜ麵、塩昆布のスパゲッティ……」

秋穂は料理の説明をした。りゅうきゅうは刺身の《漬け》で、どんぶりにも出汁茶漬けにもなる。黒オリーブと高菜で作ったタレで中華麵を和えて食べるのが混ぜ麵。塩昆布のスパゲッティは文字通り、茹でたパスタにオリーブオイルと刻み塩昆布を混ぜるだけ。

「どれも美味そうだけど、スパゲッティにするよ。ここで味を覚えたら、自分の家でも作れそうだ」

「はい。スパゲッティさえ茹でられれば、どなたでも作れますよ」

浜は空になった徳利を顔の横で振った。

「ついでに、ぬる燗でもう一合」

「はい、ただいま」

カウンターの中の秋穂の動きを、浜は見るともなく眺めた。

「今日は師匠の三回忌で、追善供養落語会ってのがあった。主宰は惣領弟子の家壇さ。殊勝なことに、私にも声をかけてくれたんで、遺影の前で漫談を披露してきたよ」

秋穂は黙って頷いて、燗の付いた徳利を浜の前に置いた。相槌が必要ないことは分かっていた。ただ、胸の裡を吐き出して、空っぽにしたいのだ。

「家壇は良くできた奴で、今でも私のこと《兄さん》と呼んで立ててくれる。私だって家壇の気持ちは嬉しいが、立派になったあいつを見ると、どうしても自分の来し方行く末を考えてしまうんだ。もし相棒が元気で、あのまま二人で漫才を続けていたら、私だって色物の世界で家壇くらいになれたんじゃないか……。まさに、死んだ子の年を数えるようなもんだが、どうしてもね」

キッチンタイマーが鳴り、パスタの茹で上がりを知らせた。

秋穂は鍋をザルにあけ、パスタの湯切りをしてボウルに移した。そこにオリーブオイルを回しかけ、塩昆布を散らして手早く和えた。熱いパスタに絡んだ塩昆布はしんなりと柔らかくなり、塩気と旨味を麺に吸い込ませてゆく。

「はい、お待ちどおさま。割り箸でどうぞ。塩気が足りなかったら、お醬油を垂らしてください」

湯気の立つ皿を目の前に置くと、浜は待ちかねたように割り箸を伸ばした。麺をすする豪快な音が響いた。

「うん、美味い！」

「でしょう」

浜は無言で頷き、新たに麺をすすり込んだ。

「本当はスパゲッティも箸で食う方が好きなんだ。行儀が悪いから外じゃやらないけど」

秋穂がほうじ茶を淹れている間に、軽快なリズムに乗って、皿の上のパスタは姿を消した。

「ああ、ごちそうさま。今日は良い日だった。悉皆屋の親方の消息も分かったし、美味いものを食った。特にスパゲッティを箸で食べられたのが嬉しいね」

浜は箸を置いて胸ポケットから財布を取り出した。

「いくら?」

「ありがとうございます」

秋穂は釣銭用受け皿に伝票を載せて渡すと、急須のほうじ茶を湯呑みに注いだ。

「どうぞ」

「ああ、ありがとう」

浜は湯呑みを受け取ってから、代金を載せた受け皿をカウンターに戻した。

ほうじ茶を呑み終えると、浜は羽織を手に立ち上がった。

「ごちそうさん」

「ありがとうございました。お気を付けて」

片手を振って出てゆく浜の背中に、秋穂は頭を下げた。

一期一会と思いながらも、ほろ苦い想いを胸に秘めた中年コメディアンの姿は、強く心に刻まれた。


その翌日のことだった。

店を開ける早々、お客さんがやってきた。

「いらっしゃいませ」

初めて見る顔だった。年の頃は二十代半ばで、普段の米屋の客層よりかなり若い。派手なスタジアムジャンパーに野球帽をかぶっている。そのせいか、どことなくいたずら小僧の雰囲気があった。

「ホッピー」

客はカウンターの真ん中に腰を下ろし、少し甲高い声で注文した。

秋穂はおしぼりを出してからホッピーの用意をした。続けてお通しのシジミ醬油漬を出した。

初めて米屋を訪れた客がみなそうするように、斑田准も店内を見回して、壁一面に貼られた魚拓に目を留めた。

「これ、店で食べられるの？」

説明する前に訊かれてしまった。

「いいえ、ただの飾りです。うちは海鮮料理はやってないんですよ」

「だと思った。でも、このシジミ美味いね」

下げるか上げるかどっちかにしろと言いたくなるが、とりあえずお客様は大事にする主義なので、秋穂はやんわりと言った。

「ありがとうございます」

「お勧めって何？」

「まずは煮込みです。さっぱりしたものがお好きなら、お出汁のゼリーとか、青唐醬油の冷や奴なんか、ありますけど」

「じゃあ、煮込みとその二つ」

三品とも、注文が入れば即座に出せる。煮込みは大鍋でぐつぐつ煮えているし、お出汁のゼリーは切って出すだけ、冷や奴は青唐醬油をかけるだけだ。

青唐醬油とは、青唐辛子と同量の茗荷を細かく刻んでひたひたの醬油に漬け、三日間置けば完成する。しかも保存期間は一年！　青唐辛子の辛さに目が覚める、癖になる味だ。豆腐にはもちろん、様々な料理に薬味として使えるし、このままおつまみにもなる。

「この刺激が良いよね」

准も青唐醤油を一箸つまんで、目を見開いた。若いだけに食欲旺盛で、注文した料理をたちまち平らげてしまった。

「中身、お代わり。それと、他にお勧め、ない？」

「こってりとさっぱり、どっちが良いですか？」

「こってりはどんなの？」

「鮪のユッケ、アボカドとサーモンのレモンなめろう」

「ほんじゃ、ユッケ」

「はい、お待ちください」

牛肉の代わりに鮪の赤身を使ったユッケは、簡単に作れるつまみだ。醤油とオイスターソース、砂糖で作った濃厚なソースで、鮪のぶつ切りを和え、ウズラの卵をトッピングして糸唐辛子、松の実、小ネギ、香味野菜などを散らす。ソースと鮪を和える際、下ろした生姜とニンニクを隠し味で加えるのは言うまでもない。

「これ、美味いね。普通の漬けも良いけど、ユッケ、良いな」

准はユッケとホッピーを交互に口に運ぶ。

その旺盛な食べっぷりを眺めていて、秋穂は不意に気が付いた。准のかぶっている野球帽は、浜がかぶっていたのと同じだった。

ホッピーのジョッキは空になった。

「日本酒、一合。ぬる燗で」

准は口元をおしぼりで拭いながら言った。

「ねえ、あったかい料理、ある？」

「春雨スープなんか、如何ですか。野菜と海老がたっぷり入った中華スープです。すぐできますよ」

「それください」

そして、秋穂の視線に気づいたのか、自分の頭を指さした。

「これ、気になる？」

「いえ、昨日、同じ帽子をかぶったお客様がいらしたんです。二日続けて同じ帽子の方が見えるなんて、珍しいと思って」

准はまるで秋穂の答えを予想していたかのように、落ち着いた声で尋ねた。

「どんな人だった？」

「え〜と、中年の……コメディアンです。浜久利生ってご存じですか？」

准がはっきり頷いたので、秋穂はびっくりした。秋穂が知らなかっただけで、知っている人は知っていたのだ。

「元気そうだった？」

「そうですねえ……。昔のお仲間と会った帰りだったからでしょうね。色々なことを思い出されていましたよ」

「そう」

准はそれきり押し黙ってしまった。腕を組んで眉間にしわを寄せている。

秋穂は冷凍庫からフリーザーバッグを取り出し、バッグの中身を冷凍のまま鍋にあけてガス台に載せた。同じ鍋に水を入れ、鶏ガラスープとゴマ油、塩、胡椒を加えたら、沸騰するのを待つだけだ。

「お待ちどおさまでした」

どんぶりに移し、レンゲを添えて准の前に置いた。

「ゴマ油の香りが良いな」

准は春雨スープを肴に日本酒の猪口を傾けた。

「ああ、美味かった」

食べ終わるタイミングで、秋穂はほうじ茶を淹れて出した。

「俺、漫才やってるんだ」

唐突に何の前置きもなく、准は話し始めた。

「この野球帽は俺たちのコスチューム。他は全然違うの。受けを狙(ねら)ったんだけど、金がなくておそろいの服が買えないんだろうって思われてた。今はみんな分かってきたけど」

相方は年上の苦労人だ。落語の修業をして基礎がしっかりしているので、自分が暴走してもうまくまとめてくれる。やりやすいし、ありがたい存在だと思っている。

「でも、俺には分かってる。相方は漫才には向いてない。ピンでしゃべくり芸をやる方が合ってるんだ。俺は今の相方以上の奴が見つからないから、コンビを続けてる。でもホントは、申し訳ないと思ってるんだ。早く別の相方を見つけて、コンビから解放してあげないと、相方の将来をダメにするような気がして」

秋穂はまじまじと准を見つめた。見た目は若いのに、妙に老成した感じがするのは、気のせいだろうか。

「昨夜(ゆうべ)、浜さんはしみじみと仰(おっしゃ)ってました。コンビを組んだ相棒と一緒に、ずっと漫才を続けたかったたって」

准は秋穂を見返した。その目は潤(うる)んで光っていた。

「ありがとう」

准は軽く一礼し、勘定を頼んだ。

秋穂はスタジアムジャンパーの後ろ姿が店を出てゆくのを、カウンターの中から見送った。

出番を終え、楽屋に戻った浜久利生は、帰り支度を済ませて寄席の通用口から出た。

「師匠！」

突然声をかけられて振り向くと、二十歳ぐらいの若者が思い詰めた顔で立っていた。

「僕を弟子にしてください！」

正直、今の時代にあまりにもアナクロなセリフで、一瞬、返す言葉に窮した。

「僕、去年から師匠の舞台をずっと見てました。僕には師匠しかいません。どうか、弟子にしてください！」

土下座せんばかりの勢いに、浜はたじろいだ。

「あのねえ、今の時代、師匠と弟子の関係が成り立ってるのは落語だけだよ。お笑い芸人になりたいなら、養成所に入るか、事務所のオーディションを受けるか、ネタオーディションに応募するか、この三つの方法しかないと思うよ。よく考えて、自分に一番合う方法を選びなさい」

「僕は師匠の芸が好きなんです！　師匠の下で勉強したいんです。どうか、お願いします。弟子にしてください！」

浜はますます困惑した。弟子など考えたこともないし、まして面倒をみられる境遇でもない。

「正直に言うけど、私は弟子を取れるような身分じゃないんだ。君の生活を保障できるほど、私は売れてない。いくら頼まれたって、ない袖は振れないよ」

しかし、若者は激しく首を振った。

「僕は師匠に養ってもらおうとは思っていません。ただ、そばで勉強させてほしいんです。僕の目指すお笑いは、師匠の芸なんです！」

困ったなあ……浜は胸の中で独りごちた。この若者の将来を考えたら、とてもじゃないが弟子に取るわけにはいかない。どうしたら自分の気持ちを分かってもらえるのだろう。

不意に、四十年前の記憶がよみがえった。三笑亭家橘のもとに日参して、弟子にしてくれと頼んだ自分は、この若者そっくりだ。それなら、あの時師匠はどう思って承知してくれたのだろう？

「師匠、どうか、お願いします！」

浜は息を呑んだ。青年の顔に、斑田准の面影が重なって見える。この子は、准の生まれ変わりなのか？　それとも、果たせなかった思いを託されたのだろうか？

頭の中を様々な考えが駆け巡り、胸には数々の思い出が去来した。浜ははっきりと、自分の気持ちを自覚した。

「まずは一年」

浜の言葉に、青年の顔がぱっと明るくなった。

「それで見込みがないと分かったら、別の道を見つけなさい。可能性があれば更に一年。その次も一年。三年間やってくれれば、ある程度のことは分かる。そこから先は、君次第だ」

「ありがとうございます！」

青年は感激して目に涙を浮かべ、何度も頭を下げた。

浜は今更ながら「どうしてこんなことを引き受けてしまったんだろう」と心の中でぼやいた。しかし、悪い気はしなかった。

ルミエール商店街の真ん中で右の路地に曲がり、最初の角で左へ折れた路地の先に、目指す店はあった。

それが見つからない。左に「とり松」という焼き鳥屋、右に「優子」という昭和レトロなスナック。その二軒に挟まれて「米屋」というしょぼくれた居酒屋があったはずが、目の前にあるのはシャッターの下りた「さくら整骨院」なのだ。

浜は迷った末に「とり松」の引き戸を開けた。

「いらっしゃい」

カウンターの中にいた店主と女将が声をかけた。店主は団扇を使って炭火で焼き鳥を焼き、女将はジョッキに生ビールを注いでいた。二人とも七十代後半だろう。

店はカウンターの他にテーブル席が二卓あったが、そちらは空席だった。

カウンターには四人の客が座っていた。男が三人と女が一人。背中の感じで、みな老人と分かる。

「あのう、ちょっとお尋ねしますが、この近所に米屋という居酒屋はありませんか?」

カウンターの客が一斉に浜を振り返った。その勢いに思わず後ずさりしかけたが、中の一人、頭のきれいに禿げ上がった老人の顔を見て、驚愕した。

「親方、お元気だったんですね!」

浜は音二郎の息子、沓掛直太朗に走り寄った。

「私です、三笑亭家紋です！　親方に羽織を直していただいて、十年ローンの出世払いにしていただいた。ちっともお変わりなくて」

直太朗は苦笑を浮かべて首を振った。

「お客さん、あんたの仰ってるのは、私の親父ですよ。悉皆屋音二郎。もうとっくの昔に亡くなりました」

浜は唖然としたが、考えてみればそれが当然だった。

「これは、失礼しました。それで、あの、米屋ですが……」

「米屋ももうありません。閉店して三十年くらい経ちます」

髪の毛を薄紫色に染めた美容院リズの店主、井筒小巻が答えた。

「そんな、バカな。私はついこの間、行ったばかりですよ」

「本当です。平成に入って二、三年経った頃、女将の秋ちゃんが急死して、身寄りがなかったんで店は人手に渡りました」

「似たような居酒屋が何軒か入れ替わった後、今のさくら整骨院で五代目です」

立派な顎髭を蓄えた谷岡古書店の主人、谷岡資が、小巻の後を引き取った。

「そ、そんな……」

それでは自分の会ったあの女将はゆうれいだったのかと、喉元まで出かかった言葉を飲み込んだ。口に出してしまえば、事実と認めたことになってしまう。それは相対性理論を否定するに等しい。

「お店で、秋ちゃん、元気でした？」

ポケットの沢山ついたベストを着た釣具屋の主人、水ノ江太蔵が尋ねた。

「どんな話をされました？」

話したのはもっぱら浜だった。女将は穏やかな表情で耳を傾けてくれた。話しているうちにだんだん気持ちが楽になり、長年のわだかまりが小さくなるような気がした。あれは錯覚だったのか？　いや、違う。確かにあの店で過ごした後、自分の気持ちには変化があった。良い方への。

「私が色々しゃべって……気が楽になりました」

すると、四人の老人は納得した顔で頷き合った。

「秋ちゃんは優しくて面倒見のいい人だったから、困ってる人を見ると放っておけないのよ」

小巻が言うと、資が洟をすすった。

「もうちょっと長生きしてほしかったよなあ」

「でも、あの世でも人助けしてるんだから、生き甲斐ならぬ死に甲斐を感じてるのかもしれないよ」

太蔵の言葉に、老人たちは小さな笑い声を立てた。

不思議なことに、浜の心から恐怖心は拭ったように消えていた。代わりに、温かな感謝の念が湧（わ）いてきた。

女将さん、ありがとう。私も老骨に鞭（むち）打って、もう一花咲かせてみるよ。初めて取った弟子のためにも。

「皆さん、お騒がせしました」

浜は深々と頭を下げた。

「私の会った米屋の女将さんは、この世の人ではなかったのかもしれない。でも、私には恩人です。心から感謝しています」

浜は店を出て路地に立った。

見上げると、ネオンの点滅する新小岩の夜空が広がっていた。

第四話

無理偏にげんこつ

満開の桜を揺らして一陣の風が通り過ぎた。花びらが舞い散り、顔に降りかかった。秋穂(あきほ)は顔に貼り付いた花びらを指で払ったが、花びらは糊(のり)でくっつけたように貼り付いたままだ。

いやだわ。どうなってるの。

そこではっと目が覚めた。炬燵(こたつ)でくつろいでいたつもりが、いつの間にかうたた寝をしていたらしい。

秋穂は顔を上げ、大きく伸びをした。壁の時計は四時五分を指している。そろそろ店を開ける準備を始めないといけない。

炬燵を出ると、いつものように仏壇の前に座り、正美(まさよし)の遺影に線香を焚(た)いて手を合わせた。

もう春なのよ。ついこの間まで冬だったのに、早いもんね。

昨日はニュースで桜の開花宣言を報じていた。あと一週間もすれば、満開の時期を迎えるだろう。

　東京はあちこちに桜の木があるわよね。特にお花見に行かなくても、近所を散歩するだけで充分お花見気分だわ。

　秋穂は心の中で正美に語り掛けた。

　でも、一度くらい二人で桜の名所に行きたかったわ。上野公園とか千鳥ヶ淵とか。そういえば一度「引退したら二人で日本全国の桜の名所を旅して回ろうか」って言ったわよね。もう、口ばっかり。まっ、しょうがないけど。

　蠟燭の火を消し、秋穂は立ち上がった。


　ＪＲ総武線新小岩駅は、駅周辺の商業施設に遠慮してか、長年駅ビルを持たなかった。しかし現在、新小岩駅南口駅ビルの建設工事が進んでおり、二〇二三年冬に完成予定である。

　しかも隣接地には新小岩駅南口地区再開発ビルの建設も予定されていて、二〇二八年度の完成を目指すという。竣工後はマンション、業務施設、商業施設を有する一大複合ビルになる。

　良い意味で下町の風情を残していた新小岩の街も、再開発の波にのまれて、少しずつ変わっていくのかもしれない。

しかし、今のところ新小岩のランドマークと言えば、南口に構える新小岩ルミエール商店街だろう。全長四百二十メートルに及ぶこのアーケード商店街は、昭和三十四（一九五九）年の完成以来、街の変遷を見守ってきた。そして今でもシャッター店舗をほとんど出さず、元気に営業を続けている。

そのルミエール商店街の裏の路地で、ひっそりと営んでいるのが米田秋穂の「米屋」だった。自宅の一階を改造した住居兼店舗で、素人上がりの女将がワンオペで切りまわしているのだから、ミシュランの星とは縁がない。

それでも、この冴えない店のざっかけない雰囲気を愛して、通ってくれる常連さんもいるのだから、人の世はありがたい。そんなお客さんに支えられて、最近は秋穂の料理の腕も上がってきたと、秘かにささやかれているのだが……。

「こんちは」

「あら、いらっしゃい」

その日の口開けのお客は、近所で古本屋を営む谷岡資だった。

「樹君、元気にしてる？」

おしぼりを手渡しながら訊くと、資は「うん」と答えた。

「昨日から九州へ行ってる」

「取材？」

「いや、書店のイベントだって。出版社の顎足(あごあし)付きだから、ある意味いいご身分だな」

「そうよね。全部の作家が顎足付けてもらえるわけじゃないもの。樹君、それだけ評価されてんのよ」

「このまま続いてくれればいいんだがな。え～と、ビール」

秋穂はサッポロの黒ラベルを冷蔵庫から出し、栓を抜いてカウンターに置いた。

「そうそう、マオちゃん、最終試験に受かったんだって？」

最初の一杯をグラスに注いで言うと、資は相好(そうごう)を崩した。

「ああ。これから研修だそうだ」

「良かったわね。女子アナの試験に受かるのって、針の穴に象を通すようなもんなんでしょ」

「まあ、本人は浮かれてるが、これからが大変だよ。アナウンサーだって人気の出る子と出ない子がいるし」

秋穂はお通しのシジミの醤油漬(しょうゆづけ)を器に盛って出した。

「でも新小岩から女子アナが誕生するなんて、伝説になるわよ」

「本人の前では言わないでよ。天狗になるから」

敢えて別居結婚という形式を選択し、苦労して育てた子供たちが立派に巣立ってゆく。どれほど感慨無量だろう。親としての資の心情を思うと、秋穂は大げさなくらいに褒めたくなる。

「煮込みと、何か腹に溜まるもの、ない？　今日は俺一人だから、ここで夕飯にするよ」

「良いのがあるわよ。ちょっと待っててね」

秋穂は鍋で湯気を立てている煮込みを器によそい、刻みネギを散らして出した。

次の料理は巾着卵だ。油揚を半分に切って袋状に剝がし、中に生卵を入れて楊枝で口を留め、出汁で煮る。手軽で経済的だ。今日はあらかじめ六個作っておいた。

その出汁で、三月から出回るようになった春キャベツの葉をさっと煮る。同じ鍋に巾着を一つ入れて温め、汁ごと深皿に盛る。この一品で栄養バランスもばっちりだ。

「シメはどうする？　おにぎり、お茶漬け、りゅうきゅう、混ぜ麵、塩昆布のスパゲッティってとこだけど」

「りゅうきゅうの刺身は何？」

「鯛」

「じゃあ、りゅうきゅうで」

資は深皿に口をつけて煮汁をすすった。

「良い味だねえ。おでん風かな」

「ご飯のおかずにするときは、お醤油を足すの。簡単だから、資君も家で作ってみれば？」

「うん、そうする」

資と砂織の夫婦は、三人の子供たちを、中学までは砂織が離島で育て、高校生になると東京に引き取って資が育てた。だから資は子供たちの食事も弁当も作ってきた。料理の腕は主婦並みである。

「それに、栄養バランスも良いしね。一品で動物性と植物性のタンパク質、ビタミンが摂れるの」

「栄養バランスと言えば……」

資は箸を動かしながら、思い出す顔になった。

「先月、子供らにせがまれて焼肉に連れてったんだけど」

秋穂は一瞬、大人四人で焼肉屋へ行ったら、代金はいくらになるのだろうと考えた。かなり懐が痛むはずだ。

「もちろん、食べ放題の店さ。子供ら三人で軽く一キロは食うんだから、普通の店じゃ破産しちまうよ」

そんな秋穂の気持ちを察したように、資は言い添えた。

「店は両国寄りの錦糸町でさ。近くにいくつも相撲部屋があるせいか、料金表に大人・子供のほかに《力士》があって笑ったよ」

「分かるわ。普通の人と食べる量が違うもの」

相槌を打ちながら、秋穂は鯛の刺身を醬油とみりんを合わせた汁に漬けた。

「それで、お店にお相撲さんはいた？」

「いた、いた。四人グループで来てたよ」

四人ともまだ新弟子らしく、着流しで髪も伸び切っていなかった。

「すごい食べてた？」

「そりゃもう」

資は深皿に残った汁を飲み干した。ビールの残りも瓶に四分の一ほどになっている。

秋穂は急須にほうじ茶の葉を入れた。

「ただ、見てて気が付いたんだけど、あの子たち、肉だけって食べないんだね。必ずご飯をどんぶりでよそって、ご飯とセットで肉を食べてた。炭水化物を摂らないと太らないからだろうね」

「そうか。食べるのも仕事なのね」

「あれを見てたら、ちょっと気の毒になった。好きなものを好きなだけ食べてるように見えて、実は守るべき規則があるらしい。それに、痩せるのも大変だけど、太るのも大変だ」

秋穂は貴ノ花（先代）が、若い頃肝硬変を起こしかけたのが原因で、力士としては食が細く、体重を増やすのに苦労したという話を思い出した。好物であってもそれだけ大量に出されると食欲がなくなってしまうので、奥さん（当時）は毎食十種類近いおかずを用意したという。週刊誌でその記事を読んだときは、自分にはとても出来ないと思ったものだ。

「スポーツ選手の食事の苦労って言うと、ボクシングや新体操みたいに減量のイメージが強いけど、体重を増やす苦労もあるのよね」

「どっちも大変だが、もしかしたら太る方が大変かもしれないな。人間、とりあえず食わなきゃ痩せるが、胃腸の弱い奴は食いすぎたら下痢して、かえって逆効果だし」

秋穂はどんぶりに軽くご飯をよそい、上にりゅうきゅうを並べると、熱い出汁を添えて出した。

「はい、どうぞ。良かったら辛子使って」

資はどんぶりを手に取ると、刺身に辛子をほんの少し載せた。

「なぜかりゅうきゅうはワサビより辛子なんだよなあ」

一口頰張ると、幸せそうに目を細めた。

「ねえ、秋ちゃん、今度店で島寿司やらない？」

「島寿司って？」

「ほら、近所に『源八船頭』って八丈島料理の店、あるじゃない。あそこで食べたんだ。郷土料理らしい。刺身を漬けにして酢飯に載せて握るの。ワサビじゃなくて辛子で」

秋穂は顔の前でパタパタと手を振った。

「駄目。私、お寿司握れないもの」

「適当でいいんだよ。何なら型買ってきて、抜けばいいんだから」

「型？」

「お握り屋なんかで使ってるでしょ。ご飯詰めて抜くだけの。確か、寿司の型もあるはずだよ」

秋穂はちらりと考えた。もしその道具があまり高くなければ、握り寿司に挑戦するのも面白いかもしれない。普通の寿司屋には比べるべくもないが、それこそりゅうきゅうのように、上に載せる具材を工夫すれば、シメのメニューが増えるかもしれない。

「ねえ、それ、どこで売ってるの？」

「確実なのは合羽橋。でも、新小岩の雑貨屋でも売ってるんじゃないかな」

「探してみる」

資はどんぶりを半分ほど食べると、出汁をかけ、出汁茶漬けにして食べ終えた。

「ご馳走さん」

「おじさんによろしくね」

おじさんとは資の父匡のことで、米屋のご常連だ。資は「ああ」と言って店を出て行った。

カウンターを片付けていると、ガラス戸が開いた。

「いらっしゃいませ」

「こんばんは」

入ってきたのは初めて見る顔だった。身体が大きくてたくましい。年齢は六十くらいだろうか。頭がきれいに禿げ上がっていて、悉皆屋「たかさご」の主人沓掛音二郎といい勝負だ。身体はごついが、顔つきは柔和で穏やかだった。

そのお客……深川昭夫は右端から二番目の椅子に腰を下ろし、カウンターの荷物入れに持ってきた紙袋を置いた。そして物珍しげに店内を見回せば、いやでも壁一面に貼られた魚拓が目に留まる。

「お客さん、すみませんね。うち、海鮮はやってないんですよ。亡くなった主人が釣りが趣味で」

秋穂は片手を回して壁の魚拓を指し示した。

「ご主人、腕が良かったんだね。大物ばかりだ」

「ありがとうございます。あの世で喜んでますよ」

おしぼりを渡して飲み物を尋ねると、深川はビールを注文した。

「新小岩もずいぶん変わったね」

おしぼりで手を拭きながら、深川はしみじみと言った。

「お客さん、こちらには前にいらしたんですか？」

「ああ。若い頃、たまに。総武線沿線に住んでたんで、通り道だった」

秋穂はビールの栓を抜いて最初の一杯をグラスに注ぐと、お通しのシジミの醤油漬を出した。

「この商店街も、ずいぶんお店が入れ替わりましたから。昔から続いているのは第一書林とオリムピア。後は数えるほどです」

　オリムピアと言われて深川は「そんな店あったっけ？」と思ったが、あえて訊き返さずにシジミを一粒口に入れた。そして、その美味しさに意外な気がした。味には全く期待できない店だと思っていたが……。

「ここのお勧めは何？」

「煮込みです。もう二十年注ぎ足した汁で煮てるので、自慢の味ですよ。牛モツはよく下茹でしてあるので、臭みもありません」

　自信をにじませた口調に、深川は笑顔で応じた。

「居酒屋は煮込みが看板だよね。それ、ください」

「はい。ただいま」

　ビールを飲んでシジミをつまんでいると、モツ煮はすぐ目の前に現れた。大ぶりの器で、刻みネギを散らしてある。いかにも「ザ・居酒屋」という一品だ。

　口に入れると女将の自信のほどが実感された。モツは臭みが全くなく、じっくり煮込まれてとろけるような食感だ。腸だけでなく様々な部位が入っているのが嬉しい。煮汁は味噌味ベースに、歴代のモツの旨味が溶け出している。コクはあるが決してしつこくない。

「さすがは看板商品だ。美味しい」

「ありがとうございます」

秋穂は素直に嬉しかった。まったくの初対面だが、このお客さんは料理に詳しい人だろうという気がする。その人が褒めてくれたのだ。

深川は箸を止めて訊いた。

「女将さん、野菜を使ったつまみ、何かある？」

「イカとカブの酒盗和えは如何でしょう」

深川は鼻の穴を膨らませた。

「それ、ください。食べる前から美味いのが分かる」

「はい。お待ちください」

酒盗はカツオなどの内臓の塩辛だ。そのまま食べても美味しいが、和食には海老、カニ、イカなどの魚介類に酒盗で作ったタレをからめて焼く「酒盗焼き」という料理もあって、調味料としても使える。

カブは薄切りにして塩を振り、水気を絞っておく。刺身用のイカは細切りにするが、秋穂は面倒なのでイカ素麺を買ってきた。カブ、イカ、酒盗にサラダ油を一匙加えて混ぜ、器に盛って白煎り胡麻を振れば出来上がり。まさに大人の味だ。

深川は一箸食べて、小さく溜息を漏らした。

「……これは、やっぱり日本酒だね」

メニューにあるのは黄桜の一合と二合のみだ。

「日本酒一合、冷で」

この店は案外拾い物かもしれないと思った。

本当は八丈島料理の源八船頭に入ろうとしたのだが、たいそうな人気店らしく、満席で断られた。仕方なく周辺をぶらぶら歩いているうちに、米屋の前の路地に出た。隣の焼き鳥屋とどっちにしようか一瞬迷ったが、「とり松」から客の歓声が聞こえたので、静かな方を選んだ。

それだけの理由で入った店だったが、意外にもレベルが高い。決して高級料理ではないが、工夫とアイデアが感じられる。つまり、料理人としての誠実さがあるのだ。そういう店には外れがない。

深川は嬉しくなって声をかけた。

「良かったら女将さんもどう？　ビールでも日本酒でも、好きなものを」

「ありがとうございます。じゃ、日本酒をいただきます」

秋穂は一合徳利に黄桜を満たし、カウンターに置いた。手酌で猪口に注いで、深川と軽く乾杯した。

「お宅は何年やってるの？」

「もう二十年になります」

「長いねえ。飲食店は三年以内に七割が廃業すると言われてるんだ。そこで二十年は立派なもんだ」

秋穂はまたしても嬉しくなった。このお客さんは業界にも詳しいらしい。その人に褒められたのだから、なお嬉しい。

「最初は主人と二人でやってたんです。主人の釣ってきた魚をお店で出して、あの頃は海鮮がメインでした。でも、十年前に主人が亡くなって、それからは私が一人で細々と……」

深川は首を振った。

「海鮮に頼らなくても、女将さんの作る料理は充分美味しいよ」

秋穂は危うく涙ぐみそうになった。今日は何て良い日なんだろう。

「あのう、お客さん、割と食べる方ですか？」

深川は胃から腹まで、片手で撫でおろした。

「大食いだよ。何しろこの身体だ」

秋穂は「ああ、良かった！」と、声に出しそうになった。

「もしよろしかったら、自家製のコンビーフがあるんですけど、召し上がりますか？」

深川は大きく目を見開いた。

「そりゃあすごい。自家製コンビーフなんて、食べたことないよ。もらいます」

秋穂は作り置きしておいたコンビーフを冷蔵庫から取り出し、厚めに切った。皿にレタスを敷いて上に載せ、マヨネーズを添えた。

「よろしかったら、パンがありますよ。ご飯も」

深川は箸でコンビーフをちぎりながら首を振った。

「いや、まずはコンビーフの味を堪能したい」

もりもりという形容詞を付けたくなるような勢いで、深川はコンビーフを平らげた。

「いやあ、感激した。自家製コンビーフ、美味いねえ。缶詰も好きだけど、やっぱり一味も二味も違うなあ」

「そう言っていただけると、作った甲斐(かい)があります」

深川は空になった皿を指さした。

「これ、すごい手間なんでしょ？」

「意外とそうでもないんですよ。時間はかかりますけど、手間は全然。漬けて縛って茹でるだけ」

「そうなの?」

秋穂がコンビーフの作り方を説明すると、深川は興味深そうに身を乗り出して聞き入った。

「いやあ、良いことを聞いた。うちでもやってみよう」

「是非、お試しください。本当に簡単ですから」

深川は徳利を傾けたが、滴しか出てこない。

「日本酒、もう一合」

酒を注文するとまた別の肴が欲しくなった。腹の具合は富士山の五合目で、頂上まではまだまだだ。

「何か、温かい料理が食べたいんだけど」

「ええと、卵の巾着煮、海老と春雨の中華スープ、アサリのワイン蒸しならすぐできます」

秋穂は巾着卵と春雨スープに入っている野菜を説明した。

「じゃあ、巾着煮と春雨スープをもらおうかな」

巾着卵には春キャベツ、春雨スープには青梗菜と長ネギ、エノキが入っている。タンパク質とビタミン・ミネラルが豊富で、栄養バランスはばっちりだ。

秋穂は調理に取り掛かりながら、つい軽口を叩いた。

「お客さん、もしかして元はお相撲さんだったりして」

「そうだよ」

冗談のつもりだったので、秋穂はちょっと狼狽えた。

「あら、それはまあ……」

「とっくの昔に引退して、今はちゃんこ屋のおやじ」

深川はさらりと言って、猪口を干した。

「今日は店の定休日でね。お客さんから新小岩に新しい相撲部屋が出来たって聞いて、見学に来たんだ」

秋穂は一瞬「新小岩に相撲部屋なんてあったかしら？」と訝ったが、多分自分が知らないだけなのだろうと思い直した。元力士があると言うのだから、きっと何処かにあるだろう。

秋穂は知らないが、二〇二二年現在、新小岩駅から北に一キロの奥戸には九重部屋、南に一キロで住所は江戸川区になるが、そこには武蔵川部屋がある。どちらの部屋も最寄り駅は新小岩で、国技館のある両国まで四駅で行ける。

「ところが間抜けな話さ。今は三月場所で、部屋の力士は大阪へ行ってる。テレビで相撲中継をやってるってのに、何をうっかりしてんだか」

深川は自分の額をポンと叩いて苦笑を浮かべた。

「あのう、私、お相撲は全然詳しくないんですけど、現役時代の四股名は何と仰ったんですか？」

「深川。本名の名字のまま。俺も気に入ってたし、親方も良い名前だからそのままでいけって」

「確か、横綱の輪島関は本名ですよね？」

「うん。他にも本名のまま三役になった力士は大勢いるよ。古いところじゃ蔵間、長谷川、北尾、保志、出島。最近は遠藤、それと正代……」

秋穂は保志までは聞いた記憶があったが、その後に続く力士の名は知らなかった。それもこれも相撲に興味がないからだと思えば、納得だった。

「俺の師匠は名寄川親方といって、現役時代の四股名は虻田山。小結まで行ったんだよ。派手さはないが、玄人好みの相撲を取る人でね。引退後、立浪部屋から独立して十勝部屋を興した」

深川は懐かしそうに言って、遠くを見る目になった。

「俺は中学時代は相撲部で、全国でベスト8になった。親方のマネージャーが大会で俺を見て、スカウトに来てくれた。両親には『せめて高校だけは出ろ』って反対されたけど、俺はプロの力士になるのが夢だったから、必死に説得して入門を許してもらった」

　深川の少年時代は、中学を卒業してすぐに角界入りする少年が多かった。高校や大学など、学生相撲出身者は大成しないと言われていて、学生横綱出身の輪島の成功は例外と思われていた。

「どうしてですか？」

「やっぱり学校の稽古と相撲部屋の稽古は違うからね。それに精神面で言うと、高校生は三年で王様、大学生は四年で王様になる。でも相撲部屋に入門したらゼロから始めて、自分より年下の兄弟子に従わなきゃならない。それはなかなか大変だと思うよ」

　相撲音痴の秋穂にも、深川の説明は納得できるものだった。

「ただ、今は埼玉栄とか鳥取城北、金沢市立工業みたいに、優秀な指導者を置いて、相撲部屋と遜色ない稽古をしている高校もある。これからはああいう強豪校の出身者が、大関、横綱に出世していくんだろうな」

　おしゃべりしている間に春雨スープが出来上がった。

「どうぞ」

　深川はレンゲでスープをすくい、火傷しないようにそっと啜った。

「うん。良い味だ。ゴマ油の風味が合うね」

小どんぶりを手にした深川の姿から、秋穂はちゃんこを連想した。

「あのう、新弟子さんのごはんは親方や兄弟子さんの終わった後で、順番が回ってくる頃は、ちゃんこの具は無くてスープだけって、ホントですか？」

深川は苦笑を浮かべた。

「それは都市伝説だよ。そんな貧弱な食事じゃ、力も出ないし身体も作れない」

「そうですよね」

そう聞けば素直に納得する半面、昔は似たようなこともあったのではないかと思ってしまう。

秋穂の半信半疑の表情を見て、深川は「やれやれ」と言いたげに肩をすくめた。きっと、同じ質問を何度もされたのだろう。

「確かに、親方や関取衆にはちゃんこの他に特別料理が何品か出たよ。でも、幕下の力士にも内容は違うけどちゃんこ以外の料理が二～三品出た。だから腹は充分いっぱいになったよ。親方や関取と同じ料理を食わせろっていうのは、それは単なるわがままだよ」

ただ、力士の食事は一日二回。最初の食事は朝稽古を終えてから摂る。稽古が非常に激しいので、その前にものを食べると嘔吐してしまうからだ。幕下や新弟子は、関取衆が終わってから食べるので、食事にありつけるのは昼過ぎになることも多い。

「最初はそのリズムに体が慣れなくて、もう腹が減ってね。そうするとちゃんこ長が、おしのぎにうどんを作って陰でこっそり食べさせてくれるんだ。『おいで。今のうちにささっと食べな』って」

カレーうどん、タヌキうどん、卵とじうどんなどが多かったが、夏は冷しゃぶぶっかけうどんも食べさせてもらった。

「あれは多分、ちゃんこ長の一存じゃなくて、親方の考えでもあったんだろうな。残り物じゃなくて、ちゃんと新弟子のためにうどんを作ってくれたんだから」

しかし、そんな生活が一年近く続くと、身体が一日二食に順応して、昼過ぎまで食べなくても持つようになった。

「部屋によって多少違うと思うけど、基本は身体づくりだから、新弟子も十分栄養を摂れるように、考えてるはずだよ」

深川の話を聞くと、十勝部屋というのは、人情味のある親方に率いられた良い部屋に思えた。

しかし一方で相撲界は「無理偏に拳骨と書いて兄弟子と読ませる」という惹句に代表

される、厳しい徒弟制度の世界でもある。

「辛いことも沢山おありだったんでしょう」

「そりゃあね。勝負の世界だから」

「実力がすべてですね。前にお客でいらした元落語家さんも仰ってました。自分より遅く入門した弟子が、先に真打に昇進したって」

深川は春雨スープを飲み干してどんぶりを置いた。

「そうそう。相撲は番付がすべて。自分より遅く入門した弟子であっても、番付が上になれば立場が逆転する。弟弟子の付け人にされることだってある」

付け人とは十両以上の関取や親方の世話をする若い力士のことで、その役割は多岐にわたる。

「あのう、やっぱり奴隷労働ですか？」

深川はまたしても苦笑を浮かべた。

「そりゃあ、無理難題を言われることだってあるさ。関取とはいえ、相手もまだ二十代の若者だ。社会常識に欠ける力士だっている。しかし、関取というのは若い力士のあこがれで目標なんだ。間近で接して、勉強になることも多い」

十両になると一般に付け人は二〜三人になり、上位になるともっと増える。一番若い力士は掃除・洗濯・使い走りなどの雑用が主な仕事だが、三段目・幕下など中堅力士の場合は、稽古相手やトレーニングパートナー役を兼ねたりもする。互いにウマが合って、十年近く一人の関取の付け人を続ける力士もいる。番付の上下関係を超えた、信頼関係で結ばれるからだろう。

「確か、元大関栃東(とちあずま)関の付け人だった人は、場所前のトレーニングも一緒にやったんで、高いジムの会費も全部大関が払ってくれて、一流のトレーナーの訓練を一緒に受けられたって、ブログに書いてたよ」

秋穂は栃東という力士に聞き覚えがなかったが、それは自分が相撲に疎(うと)いからだと思った。しかし「ブログ」という単語には「何、それ?」と違和感を覚えた。だが、口には出さずに巾着煮の汁でキャベツを煮始めた。

「大関になると、下の人の面倒も見ないといけないんですね」

「そりゃあ、どこの社会だっておんなじだよ。『この人についていけば良いことがある』と思うから人が集まるんで、一つも良いことがないと思ったら寄ってかないでしょう。人望って、そういうもんだと思うよ」

この先、元力士のお客さんが来店することなどないだろうと思い、秋穂は思い切って尋ねた。

「あのう、横綱は自分でお尻拭けなくて、付け人さんに拭いてもらうって本当ですか？」

深川はまたしても苦笑を浮かべ、片手を横に振った。

「そんなことないって。ちゃんと自分で拭きますよ」

答えてからボソッと付け加えた。

「まあ、うちの部屋から横綱は出なかったんだけどね」

春キャベツが煮えたので、秋穂は巾着卵を同じ鍋に入れて温め、器に盛った。

「これも美味そうだな。春キャベツ、これから旬だね」

深川は巾着卵を箸で割り、一口食べて頷いた。

「酒の肴にもいいし、もう少し醤油足せば、ご飯のおかずにもピッタリだ」

言いたいことを全部言ってくれたので、秋穂はまたしても嬉しくなった。

「そう言えば、お相撲さんは巡業で地方にも行くんですよね」

「新弟子の間は相撲協会の教習もあるから、参加できないけどね。それと、うちは新興の部屋で所帯も小さいから全員参加だったけど、出羽海部屋とか武蔵川部屋とか、大きな部屋になると、幕下で参加できる人数も限られるんだ」

だいたいが親方や関取の付け人と、相撲甚句や初っ切り、弓取りなど特技のある者が中心になるという。

「楽しかったですか？」

「うん。解放感があったねえ。幕下でも『あ、お相撲さんだ』って、尊敬の目で見てくれたりして、嬉しかったなあ。それに土地の美味しいものを差し入れてもらったりね」

差し入れの食材は、ちゃんこ長と係の人たちが調理して、巡業の食卓に載せてくれた。

「でも、ウナギの差し入れがあった時は、ちゃんこ長もさすがに困って、地元の魚屋さんでさばいてもらったって」

普通に魚を三枚におろすのと、ウナギをさばくのは別物で、心得のある者でないと扱えない。

「皆さんは何処に泊まるんですか？」

「お寺借りたり、学校の体育館借りたり、プレハブ建てたり。親方やマネージャーが前もって調べて、場所設定するんだけど」

宿泊場所には土俵（どひょう）とちゃんこ場を設営するのが常道だという。そこで公園や校庭を借りることも多かった。稽古後の第一食は必ずちゃんこ場で作った料理を食べ、夕食は地元の飲食店を利用した。

「なんか、廃棄物の問題だったらしいけど、巡業のときはガスじゃなくて七輪（しちりん）で料理するんだよね。稽古してると、あっちこっちのちゃんこ場から、炭の匂(にお)いが漂ってきて、ああ、もうすぐ朝飯だって思ったよ」

　各部屋で作る料理も違う。若い力士は他の部屋の料理をおすそ分けしてもらうこともあった。お互い様なので、誰も文句は言わない。

「ただ、離島巡業の時は別。喜界島(きかいじま)みたいなとこには水道も限られてるから、全員宿に泊まって宿の料理を食べた」

　力士時代を回想する深川の口調に悲哀は感じられなかった。悔いのない現役生活だったのだろう。

「お客さんのお相撲さん時代は、充実してたんですね」

「まあね。出世は早い方だったと思う。序ノ口(じょのくち)、序二段(じょにだん)、三段目、幕下と順調に勝ち進んで、入門から四年目、十九の時に十両に昇進した。これは嬉しかったね」

　力士は十両になると関取と呼ばれる。月額百万強の給料が支給され、付け人も付く。服装も、着流しだったのが紋付の羽織袴(はかま)を着られるようになり、髪もただの丁髷(ちょんまげ)ではなく大銀杏(おおいちょう)を結えるようになる。幕下時代とは世界が一変するといってよい。

「次の年には前頭(まえがしら)に上がることが出来た。前頭からは『幕内(まくうち)』で、番付でも一番上の段に名前が載るんだ。それから五年、前頭と十両を行ったり来たりしたが、幕下に落ちたことはない。最高位は東の前頭五枚目……」

前頭とは横綱と三役（大関・関脇・小結）を除いた幕内力士を指す言葉で、役についていないという意味で「平幕」と呼ばれることもある。幕内が一軍なら十両は一軍控え、幕下は二軍に当たるだろうか。

ともあれ幕内と十両の差は、十両と幕下の差に比べれば、極めて小さい。

「いよいよ小結も狙えるってとこまで来て、これからっていう時だった。乗っていたタクシーが事故に巻き込まれてね……」

秋穂は「まあ」という嘆息を飲み込んだ。

「両足複雑骨折で、内臓にも損傷が出た。車椅子生活にならなかったのは奇跡だったよ。ただ、もう相撲の取れる身体ではなくなった」

秋穂はただ黙って頷いた。順風満帆だった二十代の若者が、突然襲い掛かった災難によって、どれほど嘆き悲しみ、絶望に陥ったか、語らずとも容易に想像がつく。

「それは、どんなにお辛かったでしょうね」

深川は黙って頷いた。その表情に宿るのは静かな諦念で、恨みつらみ後悔の類は見られない。

「でも、お客さんはご立派でしたね。自棄を起こさずに立ち直ったんですね」

深川は少し寂しそうな笑みを浮かべた。

「自棄は起こしたよ。これですべてがお終いだと思って。神も仏もお天道様も、みんな恨んだ。世の中全部敵に思えた。ただ、それも長くは続かなくてね。恨み続けるのは体力が要るでしょう。こっちは大怪我してるし、体力が持たないんだよね」

深川はユーモアにくるんでさらりと言ったが、その心境に至るまでにどれほどの苦悩を経験したか、秋穂にはよく分かった。

「リハビリ期間に入って少し落ち着いた頃、ちゃんこ長が見舞いに来てくれた」

ちゃんこ長は朝ごはんを待ちきれない腹ペコの新弟子たちに、おしのぎを作ってくれた優しい人だった。深川も新弟子時代にはちゃんこ番になって、その下で働いたことがある。料理のことや食材の扱いを、分かりやすく教えてくれた。

「力士になりたくて入門したんだが、芽が出ないでちゃんこ番になったらしい。師匠が立浪部屋から独立する時、一緒について行って、十勝部屋のちゃんこ長になったそうだ」

ちゃんこ長は深川に「これからどうする？」と尋ねた。

答えられるわけがなかった。十五の年から十年間、相撲以外は考えたこともなかったのだから。

するとちゃんこ長は言った。

「あわてることはない。ゆっくり考えろ。先は長いんだから」

不貞腐(ふてくさ)れている深川に、噛(か)んで含めるように語って聞かせた。

「お前は自分の一生は終わったと思っているかもしれないが、大間違いだ。まだ二十五だろう。普通の人間は、これから人生が始まるんだよ。季節に例えればお前はまだ春だ。これから夏を迎え、秋、冬を経て一生を終える。ゼロから始めたって、夏の間に十分花開く。秋に実を太らせて、冬はその収穫をじっくり味わえる。まだ、何も始まっていないんだよ」

そしてちゃんこ長は最後に言った。

「もしお前が順調に相撲を続けていたとしても、あと十年かそこらで引退が目の前だ。みんなそこから第二の人生を考えなくちゃならない。同期の連中より早くなったが、考えてみればその分、有利だと思わないか？　十年若いってことは、その分チャンスも増えるし、選択肢も広がるんだよ」

もちろん、その時の深川はちゃんこ長の忠告を素直に聞ける心境にはなかった。しかし、退院して力士を廃業する段になると、ちゃんこ長の言葉が身に染みてきた。

「その時ふっと、ちゃんこ長みたいになりたいと思った。食べるのは大好きだし、ちゃんこ番も楽しかった。それに、あのちゃんこ長みたいに、人に勇気を与えられるようになれたら……九年間、相撲の修行をしたことは無駄にならないと思った」

「そうですよ。絶対無駄にはなりません」

秋穂は大いに共感して言った。

「厳しい修行に耐えられた人は、次の職場に行ってもちゃんとやれると思うんです。忍耐強いのはもちろんですけど、礼儀作法とか、仕事の手順を率先して覚えるとか、場の空気を読んで動くとか、チームワークに必要な力が養われてるはずです。大学の体育会系出身者が就職に有利なのも、それが理由だと思いますよ」

深川は照れ臭そうに首を振った。

「女将さんに太鼓判(たいこばん)を押されると嬉しいけど、俺はそんな立派なもんじゃなかった。でも、何とか調理師学校を卒業して、和食の店で修業して、独立して自分の店を持つことが出来た。運にも人にも恵まれたけど、一番感謝してるのはあの時のちゃんこ長だよ」

深川はつるりと自分の頭を撫ぜた。

「二十五過ぎたら急に薄くなって、あっという間にこのざまだ。あのまま相撲を続けていても、三十そこそこで引退する羽目になっていたかもしれない」

秋穂は意味が分からず、深川の頭を眺めた。

「力士は髷を結えなくなったら引退なんだよ」

「どうしてですか？」

「まあ！」

「俺の場合、リーブ21やスヴェンソンでどうにかなるレベルじゃないからなあ」

秋穂はまたしても「リーブ21？　スヴェンソン？　それ何？」と思ったが、口に出す前に引っ込めた。

「残念なことに、部屋はその後関取を出せなくて、師匠が定年を迎えた年に廃業してしまった。でも、俺は今でも十勝部屋に感謝してる。あれが俺の青春だった……」

深川はちらりと腕時計を見た。

「居心地がいいんで、ついつい長居しちまった。女将さん、シメに何かお勧めはある？」

「はい。今日はおにぎり、お茶漬け、りゅうきゅう、混ぜ麵、塩昆布のスパゲッティです」

秋穂は簡単に混ぜ麵と塩昆布のパスタについて説明した。

「う〜ん、混ぜ麵にしよう。高菜(たかな)と黒オリーブとディルっていうのは初耳だ。想像できない」

「ちょっとお待ちくださいね」

秋穂は鍋の湯を小鍋に移してガスにかけ、沸騰すると中華麵を投じた。麵が茹で上がったら、タレと絡めて出来上がりだ。少しもったりとした一体感が、エスニック風で美味い。

目の前に混ぜ麵の皿を置くと、深川は盛大に啜り込んだ。そして、大きく目を見張った。

「これは、新しい味だね」

プロの料理人に褒められて、秋穂は天にも昇る心地だった。

「ありがとうございます。お褒めにあずかって本当に嬉しいです」

「お世辞じゃないよ。このタレの組み合わせは、普通はとても思いつかない」

アジア料理好きの友人に教わったのだが、黙っていた。この喜びを長く味わいたい。

深川は一気に食べ終わると「ふう」と溜息を吐き、腹を撫でた。

「少し食いすぎた。でも、美味かった」

秋穂は淹れたてのほうじ茶を出した。

「女将さん、お礼と言っちゃなんだけど、簡単な呑んだ後のシメをご紹介しますよ。鯛の湯漬けって知ってます？」

「いいえ」

「出汁茶漬けのお手軽版です。鯛の刺身を薄く切って、多めの醤油にまぶしたら、塩昆布と一緒にご飯に載せて、熱湯をかける。どシンプルだけどイケますよ。お茶じゃなくてお湯ね。鯛の旨味がじんわりきて、お代わりしたくなるから」

「美味しそうですね！　是非、やってみます」

それこそ、聞いただけで美味そうだ。鯛、醤油、塩昆布とご飯なら、外れっこない。

「店は錦糸町なんだ。月曜定休だから、また寄らせてもらうよ」

「ありがとうございます。お店の名前、教えてください。私も伺わせていただきます」

「『ふか川』です。よろしくお願いします」

深川は一礼して店を出て行った。

いいお客さんだった。お店が錦糸町なら、三駅しか離れていない。一期一会にならずに、裏を返してくれると嬉しいんだけど。でも、とにかく一度「ふか川」に行ってみよう。きっと勉強になる……。そんなことを考えながらカウンターを片付けていると、ガラス戸が開いた。お客さんかと思って顔を向けると、入ってきたのは少年だった。

「こんばんは」

秋穂は笑顔で声をかけたが、少年は黙って突っ立ったままだ。まだ十四、五歳に見える。お客ではなく、何かの使いで来たのだろうか。

「何かご用かしら？」

問いかけたが、答えはない。不審に思ってカウンターを出て、一歩踏み出した瞬間、少年が素早く距離を詰め、秋穂の間近に立った。

異臭に思わず眉をひそめると、押し殺したような声が言った。

「金を出せ」

脇腹に違和感を覚えて見ると、少年はナイフを握っていて、切っ先が突き付けられていた。その時感じたのは、恐怖というより、場違いなものを見せられた居心地の悪さに近かった。

「レジの中にあるわ。カウンターに入らないと取れないけど」

少年は頷き、ナイフを動かしてカウンターに入るように促した。秋穂がカウンターをくぐると、少年も後ろからぴったりくっついてきた。

レジを開けて中を見せると、少年の顔がゆがんだ。

「これだけかよ？」

「今日は月曜日だから」

秋穂は手短に答えた。その週の稼ぎは金曜日の夜、夜間金庫に預けてしまう。だから月曜日のレジは釣銭用の現金しか入っていない。

どうせ強盗に入るなら、金曜にすればよかったのに。

秋穂は心の中で独りごちた。その程度の知識も持ち合わせていないのは、初心者で、悪い仲間もいないからだろう。

それにしても、この少年は何日風呂に入っていないのだろうと、秋穂は訝った。髪は脂染み、服からはすえた臭いがする。顔立ちは悪くないのに、目が据わって表情がすさんでいるので、ひどく悪相に見える。おまけにこの不潔さが、マイナスに輪をかけている。

「いくらほしいの？」

少年はほんの少し間をおいて答えた。

「百万」

「うちみたいな小さくて汚い店に、そんなお金があるわけないじゃない」

少年が納得顔で頷いたので、秋穂はカチンときた。だったら別の店を狙え！

「とりあえず、いくら必要なの？」

少年は今度は宙に目を泳がせた。取り散らかった考えをまとめようとしているらしい。

「……十万……くらい」

「八万ならあるわ」

少年は驚いたように口を半開きにした。明日からの仕入れの金で、二階の仏壇にしまってある。

「それで良い？」

少年は半開きにした口をやっと閉じてから言った。

「出せ」

秋穂は首を振った。

「その前に、うちでごはん食べて」

煮込みの鍋を指さして、少年に言った。

「煮込み、美味しいわよ。あと、あれが卵の巾着。鯛のお刺身もあるのよ」

少年はごくんと喉を鳴らした。空腹なのは分かっていた。半開きにした口から漏れる吐息に、空腹時の口臭が混じっていたからだ。

「食べ終わったら、一緒にお金を取りに行きましょう。二階にしまってあるの」

秋穂は少年の前で煮込みを小どんぶりによそい、刻みネギを散らしてカウンターに置いた。

「向こうで座って食べたら？　私はこの中にいて、逃げられないから大丈夫よ」

少年は厨房を見回して、秋穂の言葉に嘘がないのを確認すると、カウンターを出て椅子に腰を下ろした。

秋穂はどんぶりにご飯をよそい、卵の巾着の器と一緒にカウンターに置いた。続いてりゅうきゅうを皿に並べた。

ネグレクトだな……。

教師時代の経験から、秋穂は少年の家庭環境を想像した。両親揃っているのか、シングル親家庭かは知らないが、いずれにしても親は子供にまったく関心がない。保護責任を放棄している。

しかし、この先どうしたらいいのか、秋穂には分からない。もう教師ではなく、居酒屋の女将なのだ。

少年はものも言わずにご飯と料理を掻き込んでいた。案の定というべきか、箸は握り箸で、食べ方は汚い。親がまともな食事の作法を教えなかったというより、親自身がそんなものを知らないのかもしれない。

しかし、とにかく少年には腹いっぱい食べさせるつもりだった。人間は満腹になると、攻撃性が減ずる。空きっ腹だと、とんでもないことをやらかす危険が多い。

少年には満腹になって、冷静さを取り戻してほしい。そして実行に移そうとしている危険な計画を、もう一度考え直してほしい。

「おかわり」

少年が空になったどんぶりを差し出した。

「おかずもお代わり、あるわよ」

ご飯をよそいながら言うと、少年は煮込みの器を指さした。

「これ」

「美味しいでしょう。うちの自慢なのよ」

少年は物も言わずに食べ続け、どんぶり二杯のご飯を空にして、大きく息を吐いた。

秋穂はほうじ茶を水でぬるめて出してやった。

少年がそれを飲み終わるのを待ち、カウンターから出た。二階にある現金を取ってくるつもりだった。

その時、ガラス戸が開いた。

「すみません。ちょっと忘れ物を……」

顔を覗かせたのは深川だった。

少年はナイフを秋穂に向けたまま、棒立ちになった。

一瞬で中の様子を見て取って、深川は店に踏み込むと、ナイフを握る少年の手をつかんでねじり上げた。拍子抜けするほどあっけなく、ナイフは少年の手から落ちた。深川は素早くナイフを蹴り飛ばし、店の隅へと追いやった。

少年は何の抵抗もせず、呆けたような顔で深川の腕にとらえられていた。

「女将さん、けがは？」

秋穂は首を振った。

「お前、名前は？」

しかし、少年は何も聞こえないように押し黙ったままだ。

深川は問いかけるように秋穂を見た。秋穂は面識がないことを伝えるべく、首を振った。

「この子、ホームレスかもしれません。身体も着る物も汚れてるし」

秋穂の言葉に、深川は改めて少年を見直した。そして、二呼吸ほど間をおいて口を開いた。

「女将さん、実は私は料理屋の傍ら、保護司をやってます」

保護司は保護観察処分となった犯罪者や非行少年を見守り、スムースに社会復帰できるように手助けするボランティアだ。

「これから、この子にじっくり事情を聴いてみます。詳細は追ってお知らせします。被害届を出すのは、それからにしていただけませんか？」

秋穂は大きく頷いた。

「今夜、深川さんと出会ったのは、この子には運命だったのかもしれませんね」

秋穂は深々と頭を下げた。

「どうか、よろしくお願いします。この子のために、力を貸してあげてください」

深川は少年の頭を手で押さえ、無理やり下げさせた。

「それじゃ、失礼します」

深川は荷物入れから紙袋を取り上げると、少年を抱えるようにして、店を出て行った。

深川のような人が親身になってくれたら、あの少年の境遇は絶対に好転するだろう。何の保証もないのに、秋穂は素直に確信できた。

深川が自宅に連れ帰って事情を聴くと、少年は「小野寺翔（おのでらしょう）」と名乗り、素直に経緯を告白した。

秋穂が察したように、翔は家出少年だった。一週間前、都内の自宅を飛び出して、公園とゲーム喫茶を転々としていた。

両親は幼い頃に離婚して、翔は母親に引き取られた。父はギャンブル狂いだったらしいが、母もアルコール依存症で、子供の世話はほとんどしなかった。生活保護の金は母の飲み代に消えた。

翔は中学三年になったが、高校へ進学できる望みもなく、何もかも嫌になって、死にたくなった。おりしも周囲では「死刑になりたかった」「人を殺してみたかった」などの理由で、少年少女が一面識もない他人を殺す事件が相次いでいた。

報道を見て、翔は「自分もやってやろう」という気持ちになった。自分が大事件を起こせば、母も後悔するかもしれない。

米屋に押し入ったのは特に理由はない。人通りのない路地にある小さな店なので、襲いやすいような気がしたのだ。

すべてを話し終えると、翔はやっと神経が静まったのか、両手で顔を覆って泣き出した。

「僕はもうだめです。取り返しのつかないことをしてしまいました」

「そう決めつけるのは早いんじゃないかな。幸い、けが人はいないし、あの女将さんも君を訴える気はないようだ」

「でも、僕は見ず知らずの人を殺そうとしました。こんな恐ろしいことをしでかすなんて、僕はもう、自分が信じられません」

「それは違うな」

深川の言葉に、翔は驚いて顔を上げた。

「君は店に押し入って、女将さんにナイフを突きつけて『金を出せ』と言った。殺すつもりなら、どうしてそんな余計なことを言う？」

「それは……あの……分かりません。自然に、なんとなく。強盗はみんなそう言うと思って」

深川はじっと翔の顔を見て言葉を続けた。

「君がニュースで観た、何の関係もない人を殺した犯人たちは、みんな一言も話していない。一言も発せずに相手を刺している。それはおそらく、言葉を発すると気合が抜けるからだ」

深川は現役時代の立ち合いを思い出した。真剣勝負に臨む人間は言葉を発しない。それが殺人であっても、同じことだ。

「君は理由もなく人を殺せる人間じゃない。まずは冷静に、事実を受け止めなさい。話はそれからだ」

翔の顔と身体から一気に力が抜けた。そして、赤ん坊のように泣きじゃくった。

深川は黙って見守った。泣けるだけ泣かせてやろうと思った。これまでにのしかかっつもりだった。
た重荷を涙で洗い流して、出来るだけ身軽になったら、明日からのことを一緒に考える

ルミエール商店街の真ん中辺で右に曲がり、最初の角で左へ折れた路地に、目指す店はあった。

それが、見つからない。大して複雑な道でもないのに、どうしたことだろう。左に「とり松」という焼き鳥屋、右に昭和レトロな「優子」というスナック。その二軒に挟まれてひっそりと店を開けていた「米屋」は影も形もない。シャッターが閉まった「さくら整骨院」があるきりだ。

深川は迷った末、とり松の引き戸を開けた。

中はカウンターにテーブル席が二卓。カウンターの中では大将が団扇を使って焼き鳥を焼き、女将さんがチューハイを作っている。二人とも後期高齢者だろう。

カウンターには四人の客が座っている。いずれも老人だ。男三人に女が一人。老いた背中に常連感が漂っている。

「あのう、すみません。ここら辺に、米屋という居酒屋はありませんか?」

四人の客が一斉に振り返り、深川を凝視した。その迫力に、思わず土俵際まで押され

そうになったが、何とか押し戻した。

「お客さん、米屋に行かれたんですか？」

きれいに頭の禿げた沓掛直太朗が訊いた。禿げ具合は深川と良い勝負だが、年齢は二十歳は上に見える。

「先週の月曜です。ちょっと事件があって、女将さんにも迷惑をかけましたが、何とかうまく収まりそうなんで、とにかく報告をと思いまして」

「事件って、何ですか？」

髪を薄紫色に染めた井筒小巻が訊いた。年齢は直太朗とほとんど変わらない。

「気の毒な身の上の男の子がいましてね。自棄を起こしかけたんですが、すんでのところで、何とか収まりました。その子のこれからの事が、いい方に決まりそうなんです」

深川が身元引受人になり、高校卒業まで児童養護施設で保護することになった。それから先は、大学進学でも就職でも、深川が出来る限り相談に乗るつもりでいた。

四人の老人たちは意味ありげな目をして、互いに頷き合った。

「それじゃ、秋ちゃん……米屋の女将さんは、その男の子のためになったんですね」

立派な顎髭を蓄えた谷岡資が尋ねた。

「はい。米屋の女将さんがいなかったら、あの子は犯罪者になっていたかもしれません」

「それを聞いたら、秋ちゃん、きっと喜んでますよ」

ポケットの沢山ついたベストを着た水ノ江太蔵が言った。

「草葉の陰で」

深川は聞き違いかと思った。

「今、何と仰いました？」

「草葉の陰でと」

太蔵が言うと、横から小巻が口を挟んだ。

「米屋はもうないんですよ。三十年前に女将の秋ちゃんが急死して」

「身寄りがなかったんで、店は人手に渡って、今のさくら整骨院で五代目くらいになるかなあ」

資が付け加えた。

「ま、まさか……」

深川は言葉を失った。そんなバカなと叫びたかったが、あまりのことに声が出ない。

「本当ですよ。私たちは秋ちゃんの通夜も葬式も行きましたからね」

直太朗が頭をつるりと撫でて言った。

「でも、近頃お宅さんみたいに、米屋で秋ちゃんに会ったたっていう人が、何人か現れましてね」

「皆さん、女将さんに助けられた、お礼が言いたいって仰るんですよ」

太蔵に続けて、小巻が言った。

「秋ちゃんは優しくて面倒見の良い人だったから、あの世に行っても、困ってる人を見ると、放っておけないのかもしれないね」

直太朗が深々と溜息を吐いた。

「良い人ほど早死にするって、ほんとだなあ。秋ちゃんも正美さんも、早過ぎたよ」

「あの世で仲良くやってると良いけどなあ」

資が宙を見上げて呟いた。

老人たちのやり取りを聞くうちに、深川の心から、最初の衝撃と恐怖は消えて行った。代わりに、温かい感謝の念が湧き起こった。

そうだ。米屋の女将さんは翔を犯罪から守ってくれた。生きていようが死んでいようが、関係ない。女将さんは翔の恩人だ。

そして、女将さんの作る料理は美味かった。「ふか川」で自分の料理を振る舞えなかったのは残念だが、仕方ない。いずれあの世で会ったら、ご馳走しよう。

「皆さん、お騒がせしました」

深川は丁寧に腰を折り、お辞儀をした。

「私も、件の男の子も、女将さんには感謝しかありません。ご健在のときにお目にかかれなかったのは残念ですが、あの世で再びお目にかかったら、改めてお礼を言うつもりです」

深川は店を出て路地を歩いた。

ふと足を止め、新小岩の夜空を見上げると、星が弧を描くように流れて消えた。すると、秋穂は鯛の湯漬けを出してくれるだろうか……そんな思いが頭の中を、流れ星のようによぎったのだった。

第五話

スパイシーな鯛

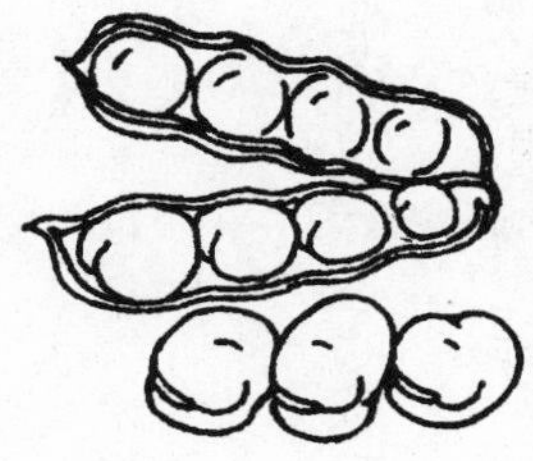

打ち寄せる波が大岩に当たって砕けた。その音を聞いたような気がして、秋穂は目を覚ました。

目の前に広がるのは大海原ならぬ、プーケットの海のグラビアだ。雑誌を眺めているうちに、うたた寝したらしい。

四月といえば、日本では北国はまだお花見シーズンだが、タイではもう海水浴が出来るのだろう。

「ふあ〜」

秋穂はあくびをすると同時に大きく伸びをした。壁の時計に目を遣るともう四時だ。店を開ける支度をしなくてはならない。

いつものように立ち上がると、仏壇の前に座った。蠟燭を灯して線香を焚き、正美の写真に向かって手を合わせた。

考えてみれば正美は暇さえあれば海釣りに出かけていたが、秋穂はあまり海に縁がない。大学までは友達と海水浴に出かけたが、社会人になってからは海に行った記憶がない。新婚旅行で行ったハワイが最後の海体験だろうか。

正美のように釣りが趣味というわけでもなく、スキューバダイビングに挑戦するきっかけもなく、年を取ってしまった。子供でもいれば、きっとせがまれて海水浴に連れて行ったのだろうが。

ま、私はあなたのおかげで色んなお魚を食べられたから、それで良しとするわ。

秋穂は蠟燭を消して立ち上がった。

ちゃぶ台に戻り、広げたままの雑誌を閉じた。一瞬、プーケットの海のエメラルドグリーンが目をよぎった。

……タイか。タイ料理も良いなあ。

秋穂は部屋を出て、一階に続く階段を下りた。

ＪＲ総武線新小岩駅は、総武快速の停車駅で、東京駅まで十四分、横須賀線直通なら、乗り換えなしで品川駅、横浜駅へも行ける。

駅の周囲は北側も南側も充実した商店街が広がり、気軽に入れる飲食店も多く、いつも賑わっている。

交通至便でありながら、物価も家賃も都心に比べれば安い。つまり暮らしやすい。周辺の住宅地は、近年さらに拡充しつつある。

そんな新小岩は、長年駅ビルを持たなかったが、現在駅ビル建築工事中で、北口と南口を結ぶ自由通路も暫定開通した。完成後は様々なテナントが入る予定で、新小岩に住む人にも、新小岩を訪れる人にも、いよいよ利便性と魅力が増してゆくだろう。

しかし、新小岩のランドマークと言えば、昔も今もやはり新小岩ルミエール商店街に違いない。全長四百二十メートルに及ぶアーケード商店街は、半分から先は江戸川区松島にまたがって建設された。昭和三十四（一九五九）年の竣工以来、街の発展と変遷を共にしてきた、いわば新小岩の《相棒》のようなものだ。

そのルミエール商店街の中ほどを右に曲がり、最初の角を左に折れた路地に面して、ひっそりとたたずむ一軒の居酒屋「米屋」。

二階家を改造した住居兼店舗の一階で、何の変哲もない目立たない店だ。開業して二十年になるので、外装も古びてきたし、建付けも悪くなった。入り口のガラス戸を開けると、冬は引っかかってガタピシ音がする。軒に吊るした赤提灯も、ひと目で既製品の安物と分かる。

こんな、何の取り柄もない居酒屋なのに、そこを気に入って通ってくれるご常連がいる。店を支えてくれるのは、そういうありがたいお客さんたちだが、最近はどういうわけか、初めてのお客さんがふらりと店を訪れるようになった。

　時代に取り残されたような平凡さが、ささくれだった現代人の心を癒(いや)すのだろうか。それとも、店から漂う不思議なオーラが、前を通りかかった人の足を止めさせるのだろうか？

　それは訪れるお客さんにも、女将(おかみ)の秋穂にも謎だった。

「いらっしゃい」

　今日の口開けのお客さんは、悉皆屋(しっかいや)「たかさご」の主人沓掛音二郎(くつかけおとじろう)だった。

　いつもは自慢話がしたくてたまらないのを無理に抑え込んで、唇のあたりがヒクついたりしているのに、今日は苦虫をかみつぶしたような顔だ。何か嫌なことがあったに違いない。

　秋穂はおしぼりを渡すと、ホッピーの用意をした。栓を抜いたホッピーの瓶(びん)、氷を入れたジョッキに焼酎(しょうちゅう)を注ぎ、マドラーを差す。あとはお客さんのお好みで作ってもらう。

「おじさん、ちょっと変わったそら豆、食べてみる？」

　音二郎はむっつりと頷(うなず)いた。

秋穂はお通しのシジミの醬油漬を出してから、鍋に湯を入れてガスにかけた。沸騰したら塩を入れ、そら豆を茹でる。あらかじめ莢から外したそら豆は、黒い筋の反対側に包丁で切り込みを入れてある。茹で上がったら、この切り込みから薄皮を剝き、豆を出すためだ。

豆は三分弱で茹で上がった。ザルに上げて豆の薄皮を剝いた。熱いが、この料理は茹で立ての熱々が命なのだ。

皿に盛った湯気の立つそら豆に、アンチョビキノコソースをかけた。

「お待ちどおさま」

音二郎の前に皿を置くと、豆の熱気でふわりと広がったタレの香りが、音二郎の鼻をくすぐった。食欲をそそる香りだ。

「………」

一箸口に入れた音二郎は、目を見張って鼻から息を吐いた。

「こりゃ、美味えな」

「でしょ。アンチョビキノコソース」

アンチョビと油で揚げたしめじのコク、バジルの風味を醬油ベースでまとめたこのタレは、茹で野菜はもちろん、リーフサラダや豚しゃぶのタレ、チャーハンの炒め油にも使える。しかも冷蔵庫で二週間も保存できるという優れものだ。

「普通に塩で茹でたそら豆も美味しいけど、たまにはこういう変化球も良いでしょ」

「そうさな。女が衣装を変えるのとおんなじだ」

秋穂は冷蔵庫から保存容器を取り出し、焼きネギとキノコの胡麻醤油和えを器に盛り付けた。

長ネギと椎茸、舞茸を魚焼きのグリルでこんがり焼き、醤油とみりん、すり胡麻を混ぜたタレで和える。ノンオイルでさっぱりしていながら、胡麻の風味で飽きずに食べられる。これは冷蔵庫で三日保存できる。

また、炊き立てのご飯に混ぜればキノコご飯、厚揚げや豚肉と炒めれば主菜になり、スープの具にも使える。

「良かったら、かけてね」

秋穂は山椒の小瓶をカウンターに置いた。

音二郎はそのまま一箸つまみ、頷いてからホッピーを飲み、グラスを置いて山椒を少し振りかけた。

「ふうん。山椒も良いな」

ホッピーを飲んでつまみを食べるうちに、音二郎の表情も少し穏やかになってきた。

「おじさん、何かあったかいもの作ろうか？」

「そうさなあ。じゃあ、秋ちゃん得意の魚の蒸し物を」

「はあい」

秋穂の作る蒸し物はすべてレンチン料理だ。そして、レンチンで一番豪華に見えるのが魚の蒸し物だろう。

今日は西友で鯛の切身を仕入れたので、酒蒸し梅胡麻だれを作ることにした。梅干しを使ったソースは少し酸味があって、これまでの料理と味が変化する。

これで今日の音二郎は、野菜、キノコ、魚をたっぷり食べたことになる。栄養面でも完璧だ。

秋穂は耐熱皿にふんわりとラップをかけ、電子レンジに入れて加熱した。

「ねえ、おじさん、もしお腹に余裕があったら、シメに鯛の湯漬けっていうのを食べてみない？」

「湯漬け？　茶漬けのまちがいじゃねえのかい」

「ううん。ちゃんこ料理屋のご主人に教わったの。呑んだ後にさらさらっと食べられるんですって」

秋穂は深川の言葉を伝えた。実際に自分でも作って食べてみたが、出汁茶漬けと遜色ない、新しい美味しさだった。

「ふうん。そりゃあ、食わねえと損だな」

「鯛尽くしになっちゃうけど、酒蒸し、多かったら残して。お土産（みやげ）にするから」

「ありがとうよ。だがまだ腹五分目ってとこだ。余裕さ」

音二郎はジョッキを干した。

「中身、お代わり」

秋穂はショットグラスに焼酎を注いで出した。

「秋ちゃんも、一杯どうだ？」

「ありがとう。私、日本酒いただく」

普段の音二郎は秋穂に酒を勧めたりしない。多分、これから嫌な話をするので、一緒に飲みたい気分なのだろうと思った。

二人が乾杯した時、電子レンジのタイマーが鳴った。秋穂は猪口（ちょこ）を干してから、耐熱皿を取り出した。ラップを外すと、梅と胡麻がふわりと香った。

「これは、やっぱり日本酒かな。秋ちゃん、ぬる燗（かん）で一合」

「はい」

秋穂が黄桜（きざくら）の徳利（とっくり）を薬罐（やかん）の湯に沈めたタイミングで、音二郎が「実はな……」と切り出した。

「問屋が持ち込んできた黒留袖が」

音二郎は苦い薬でも飲むような顔で、ホッピーのジョッキを傾けた。

「小売店に卸したら、地色が変色しちまったんだと。店主にねじ込まれて、問屋は青くなってうちに駆け込んできた。何とか直せないかって相談なんだが、見ると確かに、あちらこちらで黒が濃い緑がかった色になってたっけが」

音二郎は忌々しげに唇をへの字にひん曲げた。

秋穂は怪訝に思った。これまで音二郎はいやというほど、シミやカビや変色で傷んだ着物を再生させてきた。黒留袖なら染め直せばすぐに再生できるのではないか？

「おじさんなら、直すの簡単じゃないの？」

「それがな、難物でな」

黒留袖は高級な植物染料を使い、三度黒染めという手法で染められていた。ログウッド（天然植物染料の一種）、ノアール（ログウッドに数々の媒染剤を加えて加工した還元液）と染め重ね、重クロム酸で酸化還元して黒色にする染法である。

「仮絵羽（仮縫い）を解いてみたら、縫込み（表に出ない、のりしろのような部分）の内側はまるで変色していねえ。ということは、染めの職人に不手際があったわけじゃねえ。仮絵羽にして小売りに卸した後で、何かあったわけだ。多分、ガスだ」

三度黒の着物の場合、高濃度のガスに晒されると変色する危険が大きいのだ。

「問屋が小売りに問い合わせたら案の定、店舗改装で、陳列用の器材を新調したそうだ。ラッカーが使われていなかったか訊いたら、それらしき塗装がされていたってことだ。それで分かった。塗装溶剤が残っていて、店の中でガスを撒いた。そのガスで変色したに違えねえ」

秋穂は燗の付いた酒の徳利を音二郎に差し出した。音二郎は猪口で受け、一息に呷った。

「原因は分かったけど、ガスで変色すると、直せないの？」

「問屋にも訊かれたさ。したが、元の黒と変色した色の濃度差がひどくてな、それを均一な色に染め直すのは、あぶねえんだよ」

元の黒色には、すでに過剰なほどの染料が載っていて、真っ黒な状態になっている。そこにさらに染料を載せると「染付きムラ」や「色落ち」する危険が倍増する。

「問屋にもそう言って断った。向こうも染め直しはあきらめたよ」

留袖変色の件に関しては、おそらく小売店と陳列器材の納入業者との話し合いで、解決が図られることになるのだろう。

「しかし、なんとも悔しくてなあ。染め直してやれなかった俺も不甲斐ないが、せっかくの留袖をダメにしちまった店も、元凶の業者も、情けないったらねえぜ。もうちっとしっかり勉強してりゃ、こんな事故は起きなかったんだ」

音二郎の着物愛は、秋穂にもよく分かる。

「着物は、おじさんには子供みたいなもんなのよね」

「どうかなあ」

音二郎は梅胡麻だれのかかった鯛を口に入れた。

「時には女房で、先生で、ご主人様……みんな偉くて怖えや」

威勢良く笑って、猪口を干した。順調に食も進んでいる。これなら鯛の湯漬けも食べられるだろう。

その時、入り口のガラス戸が開いた。

「こんばんは」

入ってきたのは「谷岡古書店」のご隠居、谷岡匡だった。息子の資もよく顔を見せてくれるので、親子二代のご常連だ。

「秋ちゃん、プーケットって知ってるかい？」

匡は「サッポロ」の注文に続けて、本人の日常とかけ離れた質問をした。

「タイのリゾートでしょ。人気あるみたいよ。エメラルドグリーンの海で、何とかの真珠って言われてるんですって」

さっきまで読んでいた雑誌には「アンダマン海の真珠」と書いてあったが、思い出せなかった。

「急にどうしたの？」

「いや、うちのカオがゴールデンウィークに友達と行くって言うんだ。女同士で海外っていうのは、危なくないかな」

カオとは匡の孫の香織（かおり）のことで、現在花の女子大生だ。

「あぶねえよ。タイって東南アジアだろ？　麻薬の売人がいるぞ。若い娘なんか、すぐ売り飛ばされちまう」

音二郎が真面目（まじめ）な顔で言った。いつの時代の話をしているのかと思うが、明治生まれの音二郎の頭の中で、東南アジアは専ら負のイメージで占められているらしい。

「団体のツアー旅行なんでしょ？」

秋穂が訊くと、匡は頷いた。

「そんなら心配しなくても大丈夫だと思うわ。添乗員が付くんでしょうし」

音二郎がなおも疑わしそうな顔をするので、秋穂は読んだばかりの雑誌の知識を引っ張り出した。

「プーケットはタイ観光のドル箱の一つだから、政府も治安や環境に気を配ってて、至れり尽くせりみたいよ。ダイビングとかサーフィンとか、マリンスポーツが気軽に楽しめて、島巡りクルーズも人気らしいわ」

「ずいぶん詳しいじゃねえか」

「雑誌の受け売りよ」

答えてから、ふと「そう言えば、最近は女性誌の海外特集にもアジアが増えてきたな」と思い至った。秋穂の若い頃は、女性誌に登場する外国はほとんどヨーロッパと北米だった。

事実、平成になってから日本人の海外旅行先はアジアが多くなって、ヨーロッパや北米を抜いた。しかし、新婚旅行先となると、昭和も平成もトップはハワイなのだった。

「でも、女同士で気軽に海外旅行出来るなんて、良い時代になったわよねえ。私も今度のゴールデンウィークに、友達誘って海外に行こうかしら」

「秋ちゃんは海外はどこが良い？」

「近場（ちかば）が良いわ。台湾（タイワン）とか。昔はヨーロッパにあこがれたけど、もうこの年になると、長い時間飛行機の座席に座ってるの、苦痛だと思う」

「台湾は良いよな。食べ物も美味いし」

この時期、若い女性の間で「韓国式あかすり」が話題になり始めていたが、まだブームとは言えず、「冬のソナタ」の放映には十年以上待たねばならず、日本女性の韓国に対する関心は薄かった。

「おじさんは、海外はどこに行きたい？」

秋穂は匡に焼きネギとキノコの胡麻醬油和えを出し、そら豆を茹でる準備に入った。

「そうだなあ……やっぱりフランスかな。それとアメリカ。俺たちの若い頃はこのどっちかに、あこがれてたような気がする」

「俺の尋常の同級生の木綿問屋の倅は、あたら頭が良くて帝大に入ったのが仇になってよ。共産主義にかぶれて大変だったぜ。そいつはソ連は天国みたいに言ってたな」

音二郎の言う尋常とは、尋常小学校の略である。

「そのソ連も大変なことになってるみたいね」

「ベルリンの壁は壊されるし、世の中、何が起こるか分からんね」

匡は焼きネギを口に入れて「美味い」と呟いた。

「俺の目の黒いうちに、西ドイツと東ドイツがくっつくたあ思わなかったぜ。長生きはするもんだ」

そら豆が茹で上がったので、秋穂は薄皮を剝いて皿に盛り、アンチョビキノコソースをかけて匡の前に置いた。

「こりゃ美味そうだ」

「そうだ、じゃなくて、美味いぜ」

音二郎は軽口を叩きながら徳利を傾けた。酒はなくなったようで、逆さに振っても滴が二、三滴垂れただけだった。

「秋ちゃん、そろそろシメのあれを頼む」

「はあい」

手早く鯛の湯漬けを作ってカウンターに置くと、匡が珍しそうに眺めた。

「新作かい？」

「そう。鯛の湯漬け。お茶じゃなくてお湯がミソ」

隣では音二郎がさらさらと湯漬けを搔き込んでいる。

「うん、秋ちゃんの言うとおりだ。湯漬けだからこそ、鯛の旨味がじんわりくるな」

音二郎はどんぶりを置くと、大きく息を吐いた。

「ああ、美味かった。ごっそうさん」

「ありがとうございました」

音二郎が店を出ると、秋穂はカウンターを片付けながら、匡に訊いた。

「おじさん、鯛のタイ風カルパッチョ作ろうか？」

「なんだい、そりゃ？」

「今、思い付いたの。鯛のお刺身のピリ辛のやつ」

「タイじゃあ、そんなもんを食うのかい？」

「かっきり同じじゃないけど、基本ピリ辛甘酸っぱいのがタイ料理。カオちゃんより一足先に味わってみれば」

「じゃあ、もらうか」

「ちょっと待ってね」

秋穂はカレーを作ろうと思って買ってきたクミンシード、粒の黒胡椒、唐辛子を取り出し、オリーブオイルを引いたフライパンでじっくり炒め、香りを出した。

粗熱が取れたところで醤油、砂糖、リンゴ酢を加え、泡立て器で乳化するまでしっかり攪拌した。鯛の刺身と三つ葉をこのドレッシングで和え、仕上げに粗挽き黒胡椒を振って出来上がりだ。

「はい、どうぞ」

目の前に皿を置くと、匡はまず鼻を近づけて匂いを嗅ぎ、恐る恐る箸を伸ばした。しかし一箸口に入れると、頬が緩んだ。

「なるほど。ピリ辛甘酸っぱい。それに爽やかだ」

「三つ葉とリンゴ酢の効果ね」

「しかし、秋ちゃんはどうしてタイ料理に詳しいんだい？」

「私のタイ料理歴は、結構長いわよ」

一九八〇年代の初め、当時起こった激辛ブームに乗って、まず激辛カレーの店が増え、その余波でタイ料理の店が営業を始めた。特筆すべきは一九八五年に竣工した青山スパイラルビルのテナントに「ＣＡＹ」というタイ料理店が入ったことだろう。ファッション、テレビ、芸能などの関係者が常連となり、タイ料理の認識を広める一助となった。

「高校の同級生が旅行会社の添乗員をやってて、アジア料理に詳しかったの。彼女が『タイ料理食べない？』って誘ってくれて」

当時の日本でタイ料理は極めてマイナーな存在で、食べたことのある人はごく少数であり、秋穂も初体験だった。

「連れて行ってくれたのは錦糸町の路地裏の店で、お客さんもほとんどタイ人なの。近くのキャバレーで働いてるホステスさんと黒服だったらしいわ。夫婦二人でやってて、ご主人が日本人で、奥さんがタイ人。料理作ってるのがご主人なのが、ちょっと笑えたけど」

店の中はタイ語が飛び交っていた。

「勇気あるなあ」

「あら、初めての料理って、食べてみたくない？」

「いや、俺は食べなれたものの方が良い。安心だし」

その時食べた料理は、蒸したムール貝以外はよく覚えていない。しかし、どの料理も口に合って美味しかった事、初めて出会うパクチーの香りに魅せられた事は、はっきり覚えている。

「それと、テーブルには砂糖、塩、お酢、今にして思えばナンプラーとか、調味料がいっぱい置いてあって、お客さんは料理が来ると、色々な調味料をかけて、自分で勝手に味付けしちゃうの。あれはちょっと驚いたけど」

添乗員をやっている友人は、秋穂がタイ料理をすっかり気に入ったので、とても喜んだ。前に別の同級生を誘ったら、彼女はパクチーが出た途端「吐きそうで何も食べられない」と言ったという。

「それからも彼女と一緒にタイ料理を食べに行ったんだけど、結婚して大阪(おおさか)に行ってしまってからはあんまり。でも、この前久しぶりに二人で『レモングラス』っていうお店に行ってきたわ。銀座の泰明小学校の近くで、宮廷料理が売りの高級店。ああいう店もオープンしたのかと思うと、感慨深いわ」

匡はカルパッチョを口に運び、続いてビールを呑んだ。

「これ、ビールに合うな」

「ピリ辛ってビールと相性が良いのかもね」

「何か、あったかい料理が食べたくなった」

「モツ煮込みか春雨スープ、アサリのワイン蒸し。魚の蒸し物もあるけど、鯛だから重なっちゃうわね」

「煮込みにするよ。魚の後は肉だ」

小鉢に煮込みをよそい、刻みネギを散らして出すと、匡は思い出したように尋ねた。

「さっき、カレー作るって言ったっけ？」

「ええ。このところご新規のお客さんもちょっと増えたでしょ。カレーなら作り置きできるから、シメのメニューにどうかと思って。それに食事だけのお客さんにも出せるし」

カレーは国民食で、カレーが嫌いな日本人はほとんどいない。

「そうだな。そんならうちの孫たちの夕飯にもなる。俺が土産に買って帰るよ」

「ありがとう」

秋穂は軽く頭を下げた。スーパーやコンビニに行けば様々なレトルトカレーを売っている時代に、わざわざ米屋にカレーを買いに来る必要はない。それでもそんなことを言ってくれるのは、匡が客の立場を離れて、米屋と秋穂を応援してくれるからだ。

匡だけではない。沓掛音二郎も、井筒巻(いづつまき)も、釣具屋の主人で太蔵(たいぞう)の父の水ノ江(みずのえ)時彦(ときひこ)も、ご常連さんはみんな同じ気持ちだ。そこには急死した正美を悼(いた)む気持ちも含まれているだろう。秋穂は何よりそれが嬉(うれ)しい。

「俺もシメは、音さんと同じものを」

「鯛の湯漬けね」

「そう、それ」

秋穂が冷蔵庫から鯛の刺身を出そうとすると、入り口のガラス戸が開く音がした。あわてて腰を伸ばして正面を向いた。

「いらっしゃいませ」

入ってきたのは男女の二人連れだった。どちらも初めて見る顔だ。

「どうぞ、お好きなお席に」

二人は右の隅の席に並んで腰かけた。

女性は秋穂と同年代で、落ち着いた雰囲気だった。

男性はまだ二十歳をいくつも出ていないように見えた。ハッとするほど端整な顔立ちだが、明らかに日本人ではない。秋穂の乏しい知見では、東南アジア系と思われた。

うちみたいなしょぼくれた店に、わざわざ外国人を連れてくることないのに。新小岩にだって寿司屋とか焼肉屋とか、外国人の喜びそうな店は他にいっぱいあるじゃない。

秋穂は胸の中で愚痴をこぼした。米屋に外国人が来るのは開闢以来だ。果たして口に合う料理があるか、心許ない。

「お飲み物は、何がよろしいですか？」

秋穂の言葉を受けて、サーマット・セナーピムックは窺うように添田まり子の顔を見た。まり子もサーマットの顔を見返した。

「ビールで良い？」

「はい」

「ビール一本お願いします。グラス二つで」

秋穂はビールの栓を抜き、グラスを揃えてカウンターに置いた。続いてお通しのシジミの醤油漬を出す。これでしばらくはビールを飲みながら、二人で注文の相談をするだろう。

今のうちに、鯛の湯漬けにとりかかった。刺身を醤油にまぶして塩昆布と一緒にご飯に載せ、お湯をかければ出来上がりだから、さしたる手間もかからないのだが。

「はい、お待ちどおさま」

匡の前に鯛の湯漬けのどんぶりを置くと、まり子もサーマットも、珍しそうに目で追った。

「あれは何という料理ですか？」

サーマットがどんぶりを指さして尋ねた。イントネーションは違うが、ちゃんとした日本語だった。

「鯛の湯漬けです」

秋穂は普段よりゆっくりとした口調で料理を説明した。呑んだ後のシメに向いているところも含めて。

「美味しそうね」

サーマットは少し甘えた声で言った。

「私たちもシメに頼みましょう」

まり子が言うと、こぼれるような笑顔を見せた。一瞬、秋穂は尻のあたりがむず痒くなった。

「このシジミ、美味しいですね」

まり子が秋穂を見上げて言った。

「ありがとうございます。台湾料理屋のご主人に教わったんですよ」

まり子はほんの少し間をおいてから、再び尋ねた。

「お宅のお勧めは何かしら？」

「牛モツ煮込みです。じっくり下茹でしてあるので、臭みは全然ありません。煮汁は開店以来二十年注(つ)ぎ足して使っているので、良いお味ですよ」

いささか照れ臭かったが決まり文句を言うと、まり子はにっこりと微笑(ほほえ)んだ。

「美味しそうですね。それ、ください」

秋穂が取り皿を添えて煮込みを出している間も、まり子はメニューを手に、一つ一つ指さしながら、サーマットに説明していた。サーマットはまり子の言うことはすべて理解できるようだった。

「ごちそうさん。お勘定」

「はい、ありがとうございました」

匡が勘定を済ませて店を出てゆくと、まり子は秋穂にメニューを示して言った。

「キャベツとじゃこのおかかまぶし、焼きネギとキノコの胡麻醬油和え、砂肝(すなぎも)のコンフィ、アサリのワイン蒸し、それと自家製コンビーフください」

「はい、ありがとうございます」

沢山注文してくれるお客さんは大歓迎だ。現金にも、秋穂は嬉しくなっていた。

あの外国人青年は、多分日本の生活に慣れてるんだな。そんなら、居酒屋の料理も平気よね。

カウンターを片付けながら心に思った。すると、ある考えが閃（ひらめ）いた。

「お客さん、もしお嫌いでなかったら、鯛のタイ風カルパッチョを召し上がりませんか？」

まり子は驚いたように目を見張った。

「どうして彼がタイ人だって分かったの？」

秋穂はあわてて顔の前で手を振った。

「いえ、タイ風っていうのは勝手に付けただけです。ピリ辛風味のソースで和えるので、なんとなくタイっぽいと思って」

まり子は「どうする？」と問いかけるようにサーマットを見た。

「食べたいです」

「じゃあ、お願いします」

「はい、ありがとうございます」

カルパッチョとアサリのワイン蒸し以外は作り置き料理なので、すぐに出せる。二人の前のカウンターには料理の皿が並んだが、サーマットは旺盛な食欲を見せ、次々平らげてゆく。

途中でまり子はビールを追加注文した。

「ここ、エスニックの店、沢山あります。僕の店オープンしても、目立たないかもしれない」

カウンター越しに、二人の会話が耳に入ってくる。

「エスニックの店が沢山あるからこそ、お客さんが期待できるのよ。ここにごはんを食べに来る人は、エスニックが好きな人が多いわけでしょ。でも、エスニックの店が一軒もない街では、そこでオープンしても、お客さんが来てくれるかどうか分からないわ。それは危険だと思う。分かる?」

「はい」

「それに、この商店街は人がいっぱいで賑わってる。新規の……新しいお客さんをゲットして、リピーターを増やすにはもってこいの場所だわ」

「もって……?」

「ちょうど良いって意味」

「ああ、そう」

秋穂は「はてな」と訝（いぶか）った。新小岩にそんなにアジア料理の店があったかしら？　中華と焼き肉はあるけど、タイ料理の店は……。

いつの間にか、二本目のビールも空になっていた。

「お酒はどうする？　ビールで良い？」

まり子が尋ねると、サーマットは「はい」と答えた。

「ビール、もう一本ください。それと、私は日本酒を一合、冷（ひや）で」

注文を終えると、まり子はサーマットに向き合った。

「コックとサービス係の当てはある？」

「はい。レストランで働いている友達に、声かけます」

「来てくれるかしら？」

「大丈夫。友達だから」

「そう」

秋穂は一瞬、何を甘いこと言ってんだろうと思った。

新規開店の店で働くのは危険が大きい。お客が入らなくて潰れてしまうかもしれない。飲食店の七割が開店三年以内に閉店する現状を考えれば、潰れる可能性の方が高いのだ。

よほどしっかりしたスポンサーがバックにいるとか、給料その他待遇が良いとか、好条件を提示出来ない限り、営業実績のある店の勤めを辞めて、新規開店の店に移る料理人がいるとは思えない。

秋穂はまり子の顔を盗み見た。

先ほどは店の立地条件について、筋の通ったことを言っていたのに、どうして今度は甘い見通しを黙って受け容れるのだろう。

そして二人はどういう関係だろう。タイ料理店の経営志望者とスポンサー？　義理の親子……じゃないよね。一番可能性のあるのはパトロンと若いツバメだけど、どうも違うような気がする。

秋穂は男女の仲には疎い方だが、それでもまり子から感じられる雰囲気は、若いツバメを囲うような精力的なものではなく、諦念であるとか、消滅に向かう何かだった。

「こちらが鯛のタイ風カルパッチョです」

最後にカルパッチョを出すと、まり子もサーマットも興味深そうに眺めてから箸を取った。

「おいしいです」

一口食べて、サーマットが嬉しそうに言った。

「本当、タイ風ね。ピリ辛で酸味と甘みと旨味があって」

まり子も二度、三度と箸を伸ばした。

それ以外に秋穂が出した料理も、ほとんど空になっていた。まり子は一口か二口しか食べないので、ほとんどサーマットが一人で平らげたようなものだ。細身の身体（からだ）なのによく食べる。

「何が一番おいしかった？」

まり子が訊くと、サーマットはカルパッチョの皿を指さした。

「リクエストしていいですか？」

「どうぞ」

するとサーマットは秋穂に言った。

「辛い料理、ありませんか？」

秋穂は頭の中で食材を組み合わせてみた。

「そうですねえ。お魚の蒸し物は如何（いかが）です？　ピリ辛のソースをかけてあります」

「それ、ください」

「十五分ほどお時間いただきますが、よろしいですか？」

サーマットは秋穂にもこぼれるような笑顔を見せて頷いた。

魚の蒸し物はレンチン料理の華だ。今日は西友で買った鯛の切身を使う。調理前に魚の余分な水分を出しておくのがポイントなので、塩を振って十分ほど置く。出てきた水分はしっかりとキッチンペーパーで拭き取る。

その十分の間にタレを作る。豆板醬、酒、醬油、砂糖、ゴマ油に長ネギのみじん切り、下ろしたニンニクと生姜を混ぜれば完成。麻婆豆腐のソースとよく似た味だ。サーマットに合わせて、豆板醬の量を二倍にした。

耐熱皿に鯛の切身を載せ、ピリ辛タレをかけたらふわりとラップする。六百ワットのレンジで五分加熱すると出来上がりだ。

見た目をよくするために、白髪ネギを飾って出した。

「お待ちどおさまでした」

まり子もサーマットも、出てきた料理に目を細めた。

「おいしいです」

一口食べて、サーマットは秋穂に向かってぐいと親指を立てた。

まり子は一口食べると、あわててグラスに残ったビールを飲み干した。辛すぎたらしい。

「すみません。お連れの方に合わせて、豆板醬の量を増やしました」

まり子は首を振った。

「違うの。辛いんじゃなくて、熱かったの。あわてて食べたから」

秋穂はすぐに冷たい水を出した。店に気を遣って、熱さのせいにしてくれたのが分かった。

「ありがとう」

まり子はグラスの水を飲み干してから、サーマットの方を見た。

「お腹の方はどう？」

サーマットは胃のあたりを撫(な)でて首を振った。

「もう、いっぱいです」

まり子は腕時計にチラリと目を落としてから言った。

「それじゃ、先に帰ってくれる？　私はもう少し飲んでいくから」

「まり子さん、大丈夫ですか？」

「大丈夫。まだそんなに飲んでないから」

「終わるまで待っていましょうか」

「良いわよ。一人で大丈夫」

まり子は微笑みを浮かべたが、キッパリとした声で言った。

「あなたはもう、帰った方が良いわ。明日も仕事があるんでしょ」

「はい」

サーマットは椅子(いす)から立ち上がると、まり子に向かって頭を下げた。

「お先に失礼します」

「気を付けてね」

サーマットはしつこいくらい手を振って、店から出て行った。

「お酒、もう一本ください。それと、さっき言ってた鯛の湯漬け」

「はい。お待ちください」

秋穂は日本酒のお代わりを出してから、カウンターに並んだ空の食器を引き上げた。

「私、外国人に日本語を教えてるの」

唐突にまり子が言った。

「ずっと大学で教えてたんだけど、両親の介護がきっかけで退職して、今は民間の日本語学校で」

秋穂には青年海外協力隊に入って、日本語教師として外国で働いていた友人がいる。ちゃんとした資格が必要で、しかも人気の高い職業だと聞いた。

「大変なお仕事ですね」

日本人なら誰でも日本語が教えられると思ったら大間違いで、教えるにはテクニックが要る。最低半年は研修が必要で、外国の大学で教える場合、現地の教員資格を求められる事もある。

「先ほどのお連れの方は、生徒さんですか？」

「前のね」

まり子はそう答えてから、皮肉に唇を歪めた。

「もうすぐ親子になるけど」

秋穂は一瞬「お嬢さんと結婚なさるんですか」と言いそうになったが、その前にまり子が先を続けた。

「養子縁組」

「ああ、そうですか」

正直、どうして二十歳過ぎの外国人青年を養子に迎えるのか、真意を測りかねた。

秋穂の疑問を察したように、まり子はもう一度皮肉に笑った。

「プロポーズされたのよ」

「はあ」

思わず間抜けな声が漏れた。

「笑っちゃうでしょ。あまりにも見え透いてて。でも、その度胸を買って、養子にしてやることにしたの。どうせ目当ては金なんだから、夫婦だって親子だっておんなじよ」

サーマットはアーケード商店街を抜けると、スマートフォンを取り出してタンサニー・ナコンルアンに電話した。コール音二回で、タンサニーは応答した。

「今、どこだ？」

「アパート」

「出て来いよ。錦糸町で落ち合おう」

「ババアと一緒じゃないの？」

「一人で呑んでる」

「放っといて良いの？　他の男にナンパされるかもよ」

「そんなことあるわけねーだろ」

「冗談よ。錦糸町のどこ？」

「いつものとこ」

「あんた、どのくらいかかる？」

「俺は今、新小岩だ。十分で行ける」

「急ぐわ」

「待たせるなよ」

通話を終えると、サーマットは駅の改札を抜けた。

添田まり子は日本語学校の担任だった。優秀で親切な教師だったが、当時は教師と生徒以上の関係はなかった。

サーマットはタイ料理のレストランで働いていたが、大した金にならず腐っていた。昨年、知り合いに声をかけられ、女性用のマッサージサロンに転職した。マッサージは形だけで、要は風俗産業だった。レストランよりは金になったが、大企業のサラリーマンと比べたら微々たるものでしかない。

今年の二月、錦糸町の北口の一角で、テナント募集中の店舗を見た。錦糸町はエスニックタウンで、韓国・インド・バングラデシュ・タイ・ベトナムと、アジア料理の店が多くある。

しかし手持ちの資金では足りなかった。自分もこの街で店を持ちたい……そう思うと焦燥(しょうそう)のあまり、フライパンで煎(い)られるような気がした。

すると不意に、まり子のことを思い出した。以前、同級生の誰かが、まり子の実家が金持ちで、働くのは趣味のようなものだと言っていた。事情を話して頼んだら、金を貸してくれるかもしれない。あるいは色仕掛けで口説いたら……。

日本語学校に電話して、まり子に会いに行った。

再会した瞬間、サーマットはまり子が以前とは変わっているのに気が付いた。理由は知らないが、絶望しているのが分かった。心がぽっきり折れていた。

サーマットはまり子の心の弱みに賭けた。

「先生がずっと好きでした。結婚してください」

一瞬、笑うのではないか、怒り出すのではないかと懸念した。自分だって心にもないことを言っている自覚はある。それが相手にも伝わるかもしれない。

しかし、まり子は笑わなかった。怒らなかった。ただ、怖いくらい真剣な目でじっとサーマットを見ていた。そしてやっと口を開いた。

「結婚はできないわ。でも、私は身寄りがないの。この先、一人で死ぬのは寂しいから、子供が欲しいわ。私の息子になる？」

あの時、どうしてまり子がいきなり養子縁組を持ち出したのか、サーマットには分からない。もっとも、理由などどうでも良い。大事なのは、まり子が店を持つ資金を出してくれたことだ。

残念なことに、錦糸町の店は先に人手に渡ってしまった。まり子はサーマットを連れて、週に一度は都内の物件を見て回った。そして、優良物件が新小岩にあるというので、今日来てみたのだ。

「店が決まったら、名前は『ＭＡＲＩＫＯ』にします」

そう言うと、まり子は嬉しそうな顔をした。

サーマットは安堵した。理由も分からず厚遇されるのは不安なのだ。まり子がサーマットに欲情してくれたら楽なのだが、そんな気配はみじんもなかった。日本語学校の教師と生徒だった頃と、実質的には何も変わっていない。それではいつ何どき、お情けを断たれるか分かったものではない。

一つ分かったのは、まり子が人の情に飢えているということだった。優しくされたい、慕われたいという願いが心にある。それなら徹底的にそこをくすぐってやれば、まり子の心も離れないだろう。

サーマットは腕時計を見た。まり子のくれた金で買ったロレックスだ。すでに錦糸町に着いてから十分も経っている。タンサニーは何をぐずぐずしているのだろう。きっとまた、何を着ていくかで迷っているのだ。サーマットは舌打ちした。

どうせすぐ脱ぐくせに。

「お連れの方のこと、お好きじゃないんですね」

秋穂が尋ねると、まり子は思い切り顔をしかめた。

「大嫌い。恥知らずで嘘つきで小狡くて。取り柄は顔だけね」

「そんな相手を、どうして養子にしようと思われたんですか?」

「ぬか喜びするあいつの顔を見るのが楽しいから」

「ぬか喜びってどういう意味ですか?」

だが、まり子は答える代わりに、険悪な目で嘲笑った。

「当ててみて」

今年の初めの人間ドックで、肝臓に癌が見つかった。すでにステージ4で、手術はできない状態だった。抗癌剤も放射線治療も、効果は期待できないと言われた。

まり子は緩和ケアをしながら死を待つ選択をした。高級なホスピスに入る金はあったが、住み慣れた家を離れたくなかった。仕事も、出来る限り続けたかった。

自分の人生を振り返って、仕事以外に大切なものがないことに愕然とした。両親は裕福だったが偏狭で、まり子は子供の頃からあまり幸せではなかった。やっと見つけた日本語教師の仕事は、自分が社会の役に立つ人間であると確認したくて選んだ。

それは成功したが、その代償に男性運は薄く、恋人と呼べる相手もいなかったし、結婚もしなかった。出来なかったと言った方が正しいかもしれない。両親はまり子が三十代の時から次々と体調を崩し、その介護に追われてきた。両親を見送った時は、すでに五十になっていたのだ。

癌告知を受けた直後に突然訪ねてきたかつての教え子は、臆面もなくまり子にプロポーズした。それだけで、唾棄すべき相手だった。

しかし、どうした心の動きからか、まり子はサーマットを道連れにしてやろうと思った。

このまま一人で死ぬのは寂しい。こいつを私の生贄にして死のう。だからそれまでの短い時間、甘い夢を見せてやろう。金持ちの養子になって、湯水のように金が使えると思い込ませてやろう。一生分の贅沢をさせてやろう。そして……。

「いけません！」

突然教師時代のような声が出て、まり子より秋穂自身の方がびっくりしてしまった。

まり子は唖然として秋穂を見返している。

「何を言ってるの？」

「今、あなたが考えていることです。絶対にいけません！」

まり子はもう一度皮肉に笑おうとしたが、狼狽していてうまくいかなかった。心の中を見透かされたような気がした。

「変なこと言わないで。テレパシーでもあるっていうの？」

「そんなものなくたって分かります。あなたはあのタイ人の青年と同じく、自分自身を貶めようとしています。そんなこと、絶対にいけません」

「知りもしないくせに……」

しかし、秋穂は追及をやめなかった。

「あなたは立派に生きてきた方です。私には分かります。だから、ご自分のこれまでの生き方を大切にしてください。晩節を汚してはいけません。それはあなた自身だけでなく、これまであなたを尊敬して、慕ってきた人たちをも傷つけることになるんです」

「うるさいわね！」

まり子は椅子から立ち上がり、バッグから財布を取り出すと、カウンターに三万円を叩きつけた。

「お客さん、お代が多すぎます。お持ち帰りください」

「格好つけないでよ！　しょぼくれた居酒屋の女将のくせに、人に説教してんじゃないわよ！」

秋穂はにっこりと微笑んだ。

「しょぼくれた居酒屋の女将にだって、これくらいの矜持と気概はあるんですよ。だから
お客さん、あなたはもっと誇り高く生きてください」

まり子は虚を突かれたように後ずさった。自分の中に閉じ込められた黒い塊が、音を
立てて崩れ始めたような気がした。

「どうぞ、お気を付けて」

まり子はくるりと背を向け、逃げるように店から走り出た。

翌日、日本語学校に出勤したまり子は、昼休みに近くの定食屋へ入った。今年になっ
てからオープンしたチェーン店だが、メニュー内容が充実していて味も良く、店員たち
の応対も親切で行き届いていた。もっと早くこの店がオープンしていたら、毎日昼食に
悩まなくても済んだのにと、まり子は少し悔しかった。

入り口で食券を買って席に着くと、店長が水を運んできた。七十代らしいが、穏やか
な表情の美しい女性だった。

「いらっしゃいませ」

食券の半券をちぎると、まり子の顔を見ていたわるように言った。

「お気持ちが変わって、良かったですね」

まり子は驚いて店長の顔を見た。

「昔の私と同じ表情をなさっていたから、心配でした。でも、今日はすっかり良いお顔に戻ってます。安心しました」

店長の香川頼子（かがわよりこ）は、呆然（ぼうぜん）としているまり子に優しく微笑みかけ、その場を立ち去った。

ルミエール商店街の真ん中あたりで右に曲がり、最初の角を左へ折れる。その路地に面してあったはずの店が見つからない。

左には「とり松」という焼き鳥屋、右には昭和レトロなスナック「優子」、その二軒に挟（はさ）まれてひっそりと立っていた「米屋」は、なぜかシャッターの閉まった「さくら整骨院」に変わっている。

これはいったいどうしたことだろう。

まり子はさくら整骨院の前に立って、途方に暮れていた。

あれからすぐに、サーマットとの養子縁組は取りやめにした。その代わり、店の買い取り資金に一千万円を上乗せして贈与した。サーマットは嬉しそうに帰っていった。残った財産は自分の死後、児童福祉の活動に寄付するつもりだ。

すべての手続きを済ませたら、驚くほど心が軽くなり、明るくなった。今は澄み切った心境だ。

このことをあの女将さんに伝えたい。人生の最期で、自分の心を救ってくれた恩人に、どうしてもお礼が言いたい。

それなのに、どうして店が見つからないのだろう。

まり子は思い切ってとり松の引き戸を開けた。

カウンターとテーブル席二つの小さな店だった。カウンターの中では主人が団扇を使って炭火で焼き鳥を焼いており、女将はチューハイを作っていた。二人とも七十代半ばだろう。

カウンターには四人の客がいた。男が三人と女が一人。背中の感じで老人なのが分かる。

「いらっしゃいませ」

女将がカウンターの中から挨拶した。

「ごめんください。ちょっとお尋ねしたいんですが、この近くに米屋という居酒屋はありませんか？」

カウンターに座った四人が一斉に振り返った。

「奥さん、もしかして最近米屋に行ったんですか？」

まずは四人を代表して、最年長の沓掛直太朗が尋ねた。

「はい。月曜日に」

今日は金曜日だった。

髪を薄紫色に染めた井筒小巻が後を引き取った。

「米屋はもうありませんよ。三十年くらい前に、女将の秋ちゃんが亡くなって閉店しました」

立派な顎髭を蓄えた谷岡資が、説明を続けた。

「身寄りがなかったんで店は人手に渡りました。居酒屋が何軒か替わって、今のさくら整骨院で五代目です」

まり子は驚愕のあまり言葉を失ったが、やっと一言絞り出した。

「それじゃ、私が会ったのは……」

四人は一斉に頷いた。そして釣具屋の主人水ノ江太蔵が言った。

「ゆうれいってやつですかねえ。ここにいる四人は秋ちゃんの通夜にも葬式にも行きましたから、この世の人でないのは確かです」

「秋ちゃんは優しくて面倒見の良い人だったから、あの世に行っても困ってる人を見ると、放っとけないみたいなんですよ」

小巻の言葉に、三人の男性陣も大きく頷いた。しかし、まり子の顔を見ると、みな怪訝な顔になった。

この話を聞かされると、訪れた客は皆、最初は恐怖に凍り付いた顔をする。しかし、まり子は違った。ふんわりと微笑んだのだ。

「そうでしたか。それを伺って安堵しました。私は直接、女将さんにお礼を言えます」

四人の老人も主人も女将も、まり子の言っていることは意味不明だった。しかし、まり子が秋穂に感謝していること、現在は抱えていた問題が解決して気分がすっきりしていることは、なんとなく察せられた。

「お騒がせしました。失礼します」

まり子は深々と頭を下げると、店を出て行った。

路地に出て、まり子は夜空を見上げた。星がきれいに見えた。まり子は星に向かって、心の中で語りかけた。

女将さん、ありがとう。今度お目にかかった時に、事の顚末(てんまつ)をお話ししますね。それまで待っていてください。

あとがき

皆様、『スパイシーな鯛　ゆうれい居酒屋2』を読んでくださって、ありがとうございました。

皆様に応援していただいたおかげで、この作品もシリーズ化が決まりました。作者として、こんなに嬉しいことはありません。心から御礼申し上げます。

第一巻のあとがきにも書きましたが、新小岩は自宅から一番近い電車の駅だったので、子供の頃から馴染みの街でした。小学生時代は日本舞踊の稽古に週三回通っていました。通算すればルミエール商店街を何往復したことでしょう。

ところが三十数年前、我が家は別の街に引っ越して、最寄り駅が東京メトロ東西線葛西駅に変わり、それ以来新小岩とはすっかり疎遠になってしまいました。

今回『ゆうれい居酒屋』を書くに際してロケハンしたところ、街の変わりようは目を見張るほどで、昔から知っているお店で健在なのは「第一書林」始め、ほんの数軒だけでした。特にエスニック関連のお店が増えたことが、一番の驚きでした。

それでも一歩路地裏に入れば、昭和レトロな居酒屋やスナックもあって、懐かしい気分になりました。本文にも登場するスナック「優子」はその時発見して、偶然にも担当編集者と同名だったので「いただき！」となりました（笑）。

今年の五月、新小岩にある東京聖栄大学のF先生から、講義のご依頼をいただきました。正直「新小岩に聖栄大学なんてあったっけ？」と思いましたら、聖徳栄養短期大学を母体として二〇〇五年に開学した大学で、新小岩駅北口方面に校舎が何棟も建っていて、こんな立派な学校だったのかと、自分の認識不足に恥じ入った次第です。

地元出身の教授もいらして、年齢も近いことから、講義前は昔話（おしゃれだった「レストラン・ミナト」とか）で大いに盛り上がってしまいました。

学生さんは女性が大半かと思いきや、男女半々くらいの割合で、若い男女の前で講義する機会はほとんどないので、私としても貴重な体験をさせていただきました。

終了後、F先生を平井のお店（鰻料理の名店「魚政（うおまさ）」）にお誘いしたら、ご主人の鈴木さんが「僕、聖徳の卒業生です！」と仰って、またまたびっくり。聖徳栄養短期大学で調理師の資格を取られたそうです。

鈴木さんは、亡き母を病院ではなく自宅で看取るために、重大な示唆を与えてくださった方です。その方と聖栄大学とのご縁が、巡り巡って私にまでつながったことが、本当に不思議で、ありがたく思われます。

そんな体験も踏まえて、本文にも聖栄大学に登場していただきました。

実は、第一話の昆虫少年のモデルは私の次兄です。ルミエール商店街で夏に虫を売っていた父娘がいたのも事実です。

それ以外は創作ですが、新小岩の街が与えてくれたご縁とインスピレーションに導かれて、本作品を書くことが出来たのだと思っています。だから、これからも書き続けていれば、またまた不思議な出会いと貴重なご縁に恵まれるのではないかと、ひそかに期待もしております。

変わりゆく新小岩の街を舞台に、変わらぬ人の情を描いてゆきたい。それが『ゆうれい居酒屋』に託す作者の思いです。

また次の『ゆうれい居酒屋３』でも、皆様と再会が叶いますように。

「ゆうれい居酒屋2」時短レシピ集

皆様、本文を読んで、気になる料理はありましたか？

前巻と同じく、いくつかレシピを載せておきます。お金のかかる料理と手間のかかる料理はありません。モツ煮やコンビーフは時間はかかりますが、難しい作業はありません。

どうぞお気軽にチャレンジしてみてください。

お通し

牛モツ煮込み

〈材　料〉作りやすい分量

牛モツ…1kg　人参…1本　大根…2分の1本　ゴボウ…1本
コンニャク…1袋　味噌…適宜　日本酒…1合　醤油…適宜
刻みネギ・七味唐辛子…適宜

〈作り方〉

1．牛モツを水で洗い、鍋に入れ、水を張って茹でる。煮立ってアクが出てきたら、湯を捨てて新しく水を張り、もう一度煮立てる。もしまた大量にアクが出たら、もう一度水を替えて茹でる。

2．モツが柔らかくなるまで、丁寧にアクを取りながら中弱火で煮る。目安は2～3時間。

3．人参と大根は皮を剥いていちょう切り、ゴボウは斜め薄切りにする。

4. コンニャクはスプーンでちぎり、さっと下茹でしてアク抜きする。

5. モツの鍋に人参・大根・ゴボウ・コンニャクを入れて一緒に煮る。

6. 野菜類に火が通ったら、日本酒、味噌を入れてさらに煮る。味の目安は、味噌汁よりちょっと濃いめ。

7. モツと野菜に味が染みたら、醤油を少し垂らして味を調える。

8. 器に盛り、お好みで刻みネギ・七味唐辛子を振って召し上がれ。

☆時間はかかるが、煮るだけなので手間はかかりません。大量に作っておけば、温め直して常備菜感覚で何回も食べられます。

白菜とハムのコールスロー

〈材　料〉作りやすい分量

白菜…４００g　ロースハム…１００g　塩…小匙２分の１

白ワインビネガー…大匙２　オリーブオイル…大匙２

粗びき黒胡椒…適宜

〈作り方〉

1. 白菜は繊維を断ち切るように1センチ幅に切り、塩を振って揉み、しんなりしたら水気を絞る。

2. ロースハムは細切りにする。

3. 白菜とハムをボウルに入れ、白ワインビネガーとオリーブオイルを加えてざっと混ぜる。

4. 器に盛って黒胡椒を振りかける。

☆冷蔵庫で4日間保存可能です。
☆マヨネーズで軽く和えればサンドイッチの具になります。
☆鶏ガラスープの具にすると酸味の利いた酸辣湯風になります。

青唐醤油

〈材料〉 作りやすい分量

青唐辛子…１袋（５００ｇくらい）　茗荷（みょうが）…青唐辛子と同じくらいの分量

醤油…適宜　昆布…適宜

〈作り方〉

1. 青唐辛子はヘタを取り、小口切りにする。

2. 茗荷は粗いみじん切りにする。

3. 密閉容器に青唐辛子、茗荷を入れ、ひたひたになるまで醤油を加え、昆布を一切れ入れて封をし、冷蔵庫で寝かせる。

4. ３日ほどで完成。冷蔵庫で1年間保存可能。

☆青唐辛子はネットで簡単に買えますよ。

☆冷や奴（やっこ）にかけても良いし、鮪（まぐろ）を漬けて《漬（づ）け》にするとピリ辛風味。冷凍うどんをチンして卵と一緒に載せれば《釜玉（かまたま）うどん》の出来上がり。そのままご飯のおかずやお酒のつまみにもなります。

一品料理

鯛(たい)と白菜の塩昆布サラダ

〈材　料〉２人分

鯛の刺身…１００g　白菜（内側の柔らかい部分）…４００g

塩昆布（細切りタイプ）…１００g　万能ネギ…５本

白煎(しろい)り胡麻(ごま)…小匙1

A［サラダ油…大匙２　酢…大匙1　ワサビ…小匙1　薄口醬油…小匙１］

〈作り方〉

1. 白菜は1センチくらいのそぎ切りに、葉は手でちぎる。
2. 万能ネギは長さ5センチに切る。
3. ボウルにAを入れて混ぜ合わせ、ドレッシングを作る。
4. 鯛の刺身、白菜、万能ネギ、塩昆布をボウルに入れてドレッシングで和える。
5. 器に盛り、白煎り胡麻を振りかける。

☆冬に美味しくなる白菜を使ったサラダです。内側の黄色い部分は、甘味があって生でも食べられます。

☆今回使わなかった外側の葉は、鍋料理にどうぞ。

鮭の焼き漬け

〈材　料〉作りやすい分量

鮭切身…３切れ　油…大匙１　醬油…大匙６　酒…大匙３

みりん…大匙３　ザラメ…大匙３

〈作り方〉

1. 酒とみりんを鍋に入れて火にかけ、沸騰したら弱火にしてアルコールを飛ばし、醬油、ザラメを加える。ザラメが溶けたら火を止め、そのまま冷ます。

2. 鮭は骨を抜き、１切れを３〜４等分に切る。

3. フライパンに油を引いて中火にかけ、鮭を皮目を下にして入れ、全体にしっかり焼き目が付くまで焼く。

4. 鮭の脂（あぶら）をペーパータオルで押さえて取り、容器に入れて**1**の液を回しかけたら、ラップで落し蓋（ぶた）のように表面を覆い、2時間以上置いて味をなじませる。

5. 器に盛って漬け汁をかける。

☆漬け汁ごと冷蔵庫に入れておけば4～5日は保存可能。
☆鮭以外では、ブリ・カジキ・サワラなども美味しい。

砂肝（すなぎも）のコンフィ

〈材料〉作りやすい分量
鶏砂肝…200g　塩…小匙2分の1　オリーブオイル…大匙2
ニンニク…2分の1片　ローズマリー（もしあれば）…1枝

〈作り方〉

1．砂肝は中央で半分に切り、白い皮（銀皮）を包丁でそぎ取った後、１個ずつに深さ１センチの切り込みを２〜３本入れる。

2．ニンニクは薄切りにする。

3．ポリ袋に処理した砂肝を入れ、塩とオリーブオイルを入れたら袋の上から揉んで調味料をなじませる。

4．砂肝の上にニンニクとローズマリーを入れ、平らに広げる。

5．直径25センチの耐熱ボウルに水１ℓを入れ、ポリ袋の口を開けたまま静かに沈める。

6．６００Ｗの電子レンジで12分加熱する。

7．湯に浸けたまま15分置き、中まで火を通す。

☆ポリ袋でレンチンなら、大匙２杯の油でコンフィが作れます。

自家製コンビーフ

〈材　料〉作りやすい分量

牛ショートリブ（バラブロックでも可）…1kg　ニンニク…1片

A［水…500cc　塩…50g　きび砂糖…小匙1　黒胡椒…小匙2分の1
クローブ（ホール）…3粒　オールスパイス（粉末）…小匙2分の1
ローリエ…3枚］

B［玉ねぎ（薄切り）…1個　リンゴ酢…100cc
黒粒胡椒…小匙2分の1　クローブ（ホール）…3粒　ローリエ…6枚
ニンニク…1片］

〈作り方〉

1. 鍋にAを入れてひと煮立ちさせ、冷ます。これが漬け汁になる。
2. ニンニクを薄切りにする。
3. 漬け汁が染み込むように、肉全体をフォークで刺す。

4. ポリ袋に肉とニンニクを入れ、漬け汁を注いだら、空気を抜いてしっかり口を閉じ、1～3週間、冷蔵庫で寝かせる。

5. 肉を袋から取り出し、水を張ったボウルに入れ、時々水を替えながら1時間ほどかけて塩抜きをする。

6. 水から肉を取り出し、円筒状に丸める。裏表で丸めやすさを試し、スムースに巻ける方に丸める。

7. 晒(さらし)、またはガーゼで肉をぴっちり巻き、タコ糸で横、縦の順にしっかりと縛る。

8. 鍋に縛った肉とBを入れ、肉が隠れるくらいまで水を足し、火にかける。

9. 煮立ったらアクをすくって蓋をし、中～弱火で1時間半～2時間茹でる。肉に竹串(たけぐし)を刺してすっと通ったら火を止める。

10. 茹で汁の中に漬けたまま冷ますと、表面が白い脂で固まってくる。そのまま半日から1日置く。

11. 肉を取り出し、タコ糸と晒を外し、好みの厚さに切る。マスタードをつけるだけでも美味。

☆保存の際はアルミホイルで包んで冷蔵庫へ。1週間保存可能。
☆時間はかかるが手間はかからない料理の典型。漬けて縛って茹でるだけ。断面の肉々しさと肉の旨味の凝縮した味が圧倒的。

アンチョビキノコソース

〈材　料〉 作りやすい分量
アンチョビ…20g　しめじ…250g　バジルの葉…1パック
米油…200cc　醬油…大匙2　揚げ油…適宜

〈作り方〉
1. 石づきを取ったしめじを、160～170度に熱した油で10分ほど揚げる。
2. 揚げたしめじと残りの材料すべてをフードプロセッサーに入れ、具材の粒感が多少残る程度まで攪拌(かくはん)する。

☆密閉容器に入れ、冷蔵庫で２週間保存可能。
☆茹でたそら豆はもちろん、うどや菜の花など、苦みのある春野菜と相性抜群です。
☆リーフ系のサラダのドレッシングに、豚しゃぶのタレに、チャーハンの炒め油にと、幅広くご利用いただけます。

納豆バクダン

〈材　料〉２人分
鮪のすき身…50g　イカ素麺…50g　ひきわり納豆…１パック
オクラ…２本　メカブ…50g　たくあん…20g　醤油…小匙１
おにぎり用焼き海苔…10枚　お好みでかいわれ大根&辛子…適宜

〈作り方〉

1. たくあんはみじん切り、焼き海苔は半分に切る。

2. オクラは塩茹でし、5ミリの輪切りにする。

3. すべての材料を彩りよく器に盛り、醬油を垂らす。

4. 混ぜ合わせて海苔で巻いて食べる。

☆1人前116キロカロリー、糖質2・4gという低糖質料理です。

☆糖質OKの方はご飯や蕎麦(そば)、うどんにトッピングしても美味。

大根の花椒(かしょう)風味

〈材　料〉 2人分

大根…4分の1本

A［かつお出汁(だし)…720cc　みりん…大匙5　薄口醬油…大匙1

塩…大匙1　花椒（粒）…大匙2分の1］

〈作り方〉

1. 大根は皮を剝いて厚さ7ミリの半月形に切る。

2. 大根を流水にさらし、ザルに上げる。

3. 鍋に**A**を入れて中火にかけ、沸騰したらアクを取る。

4. 鍋に大根を加え、再度沸騰するまで煮る。アクが出てきたら丁寧に取り除き、火を止める。

5. そのまま余熱で味を含ませ、粗熱（あらねつ）が取れたら冷蔵庫に入れて一晩置く。翌日から３〜４日後が食べ頃。

☆大根は煮過ぎず、少し歯応え（はごた）えが残るくらいの固さで。

☆作り置きできるので、酒の肴（さかな）に便利です。

☆かつお出汁は市販の顆粒（かりゅう）だしを水で溶いてもＯＫです。

イカとカブの酒盗(しゅとう)和え

〈材　料〉２人分
刺身用イカ…80ｇ　カブ（小さめのもの）…２個　カブの葉…２～３枚
白煎り胡麻…小匙１　塩…適宜　酒盗…15ｇ　サラダ油…小匙１
昆布…５センチくらい

〈作り方〉
1. カブは皮を剝いて縦に薄切りにする。葉は長さ３センチに切る。
2. 昆布を入れた塩水に1を１時間ほど漬け、水気をしっかり絞る。
3. イカは細切りにする。
4. ボウルにイカとカブ、カブの葉を入れ、酒盗とサラダ油を加えて和える。
5. 器に盛り、白煎り胡麻を振る。

☆酒盗和えだけに、どんなお酒とも合います。

☆酒盗は酒の肴のイメージですが、調味料的な使い方も出来ますよ。

鯛のタイ風カルパッチョ

〈材　料〉２人分
鯛の刺身…２００g　オリーブオイル…大匙２　黒粒胡椒…５粒
唐辛子…２本　クミンシード…小匙２分の１　三つ葉…適宜
ナンプラー…小匙１　リンゴ酢…小匙１　砂糖…小匙１　粗びき黒胡椒…適宜

〈作り方〉
1. フライパンにオリーブオイルを引いたら黒粒胡椒、唐辛子、クミンシードを入れ、火にかけて香りを引き出したら火を止める。
2. 粗熱が取れたらナンプラー、リンゴ酢、砂糖とともにフードプロセッサーに入れて攪拌し、しっかり乳化させる。
3. 三つ葉を食べやすい長さに切る。

4. 鯛の刺身と三つ葉を**2**で和え、皿に盛って粗びき黒胡椒を振る。

☆ナンプラーと唐辛子を使い、適当にお好みのドレッシングを作って刺身にかければ、それが《あなた流》のタイ風カルパッチョです。挑戦してみてください。

シメ

りゅうきゅう

〈材料〉1人分

好みの刺身…12切れほど　小ネギ（小口切り）…小匙1

生姜（しょうが）のすり下ろし…小匙2分の1

白煎り胡麻（手でひねりつぶす）…大匙2分の1　醤油…大匙4

みりん…大匙2　茗荷…2分の1本　大葉（おおば）…2枚

〈作り方〉

1. 茗荷は斜め薄切り、大葉は千切りにする。
2. ボウルに茗荷と大葉以外の材料を入れて混ぜ合わせ、10分置く。
3. 皿に盛り、茗荷と大葉を飾って出来上がり。

☆大分の郷土料理で、とてもお酒に合います。
☆ご飯に載せて漬け丼にするときは、和辛子を添えるのがお勧めです。

鯛の湯漬け

〈材　料〉１人分

鯛の刺身（冊）…１人分　醬油・塩昆布（細切りタイプ）…適宜
白煎り胡麻…適宜　熱湯…適宜　ご飯…一膳

〈作り方〉

1. 鯛の刺身をできるだけ薄く切る。

2. 多めの醬油を刺身にまぶす。

3. 小ぶりのどんぶりによそったご飯に、刺身（醬油ごと）と塩昆布を載せ、熱湯をかける。

4. お好みで白煎り胡麻を振る。

☆シンプルですが、それだけに鯛の旨味がじんわり伝わり、胃の腑が落ち着く味です。

☆呑んだ後のシメにぴったり！

定価はカバーに表示してあります

スパイシーな鯛(たい)

ゆうれい居酒屋(いざかや)2

2022年12月10日　第1刷

著　者　山口恵以子(やまぐちえいこ)

発行者　大沼貴之

発行所　株式会社 文藝春秋

東京都千代田区紀尾井町 3-23　〒102-8008
TEL 03・3265・1211㈹
文藝春秋ホームページ　http://www.bunshun.co.jp

落丁、乱丁本は、お手数ですが小社製作部宛お送り下さい。送料小社負担でお取替致します。

印刷製本・凸版印刷

Printed in Japan
ISBN978-4-16-791974-0